Reinhold Ruthe

Structures de la personnalité

... à la recherche de son identité
Une approche pratique

Reinhold Ruthe

Structures de la personnalité

... à la recherche de son identité

Une approche pratique

ebv

L'édition originale de cet ouvrage
a paru en allemand sous le titre:
«Typen und Temperamente
– Die vier Persönlichkeits-strukturen»

© 1993 by Brendow Verlag, Moers

© de l'édition française
Éditions Brunnen Verlag Bâle
Première édition 1994

Traduction: Antoine Doriath
Couverture et photocomposition: Christian Roux

Imprimé en Allemagne
par Clausen & Bosse, Leck

ISBN 3-7655-7627-1

Préface

C'était un dimanche matin, il y a quelques années. La scène que je rapporte se reproduit sans aucun doute dimanche après dimanche en de nombreux endroits.

Nous étions sortis du culte et observions le flot des personnes qui franchissaient la porte de l'église. Devant le bâtiment s'étaient constitués des petits groupes qui échangeaient leurs impressions, certains avec animation, d'autres d'une manière plus discrète. Un évangéliste bien connu et très éloquent avait captivé l'attention de l'auditoire par sa méditation vivante du Psaume 23. Dans un langage imagé appuyé par une profusion de gestes, il avait souvent provoqué les sourires de l'assemblée et même, une fois, un grand rire franc.

A côté de nous, des visiteurs d'âge moyen discutaient du sermon. Les différents avis partagés étaient très révélateurs. Une femme de tempérament, active dans l'église, donnait libre cours à son admiration : « Fantastique ! De quoi enflammer la foi ! Quelle puissance en cet homme ! »

Un peu à l'écart de ce groupe se tenait un homme grand et de belle prestance. Il n'avait rien dit jusqu'à présent et son visage était resté impassible. Il secoua la tête d'un air incrédule et fit remarquer : « Il sait tout simplement bien se vendre ! Je préfère de loin la prédication plus sobre de notre pasteur. » Deux autres personnes hochèrent la tête en signe d'approbation. Un homme jeune et une dame plus âgée l'abreuvèrent alors d'un flot de commentaires et le réduisirent au silence. Ils s'étaient sentis émotionnellement touchés par les paroles du prédicateur et ne tarissaient pas d'éloges sur sa personne et sur son sermon.

Les impressions divergentes sont une réalité
   dans l'église,
   en politique,
   dans le couple et la famille,
   dans la vie courante.

Nous sommes fondamentalement différents les uns des autres par nos pensées, nos sentiments et notre façon d'agir. Nous avons chacun une structure de personnalité qui est *unique* et *complexe*. Celle-ci peut parfois nous aider, mais parfois aussi nous contrarier, dans notre recherche d'une vie conforme à nos conceptions et nos convictions religieuses.

Mais comment sommes-nous constitués ? Pourquoi sommes-nous ainsi ? Comment expliquer notre comportement, percevoir nos motivations, rompre le cercle des problèmes qui reviennent sans cesse ?

Ce livre se propose de vous présenter quatre profils de personnalité, à l'aide desquels vous apprendrez
   – à mieux vous comprendre et à mieux comprendre les autres,
   – à discerner plus distinctement votre attitude face au travail, vos difficultés relationnelles et votre style éducatif,
   – à percer à jour votre vie affective avec ses forces et ses faiblesses,
   – à juger avec plus de compassion votre vie religieuse quotidienne et celle de vos semblables,
   – à mettre en lumière vos zones d'ombre et à les affronter et
   – à découvrir vos dons et à les mettre en valeur.

En vue de quoi ?

Il nous appartient de mettre de l'ordre dans le chaos, d'apporter la lumière et une juste perception des choses, à commencer par nous-mêmes. Si nous réussissons à mieux comprendre notre conjoint, nos parents et nos amis, et à mieux percevoir les raisons et les motivations de nos interlocuteurs, nous aborderons toutes ces personnes avec plus de bienveillance et d'amour.

La connaissance de soi et celle d'autrui jouent un grand rôle dans la vie personnelle comme dans la vie interpersonnelle. Le verbe « connaître » est l'un des mots clés de la Bible. Connaître Dieu, c'est aussi le reconnaître : « Arrêtez, et reconnaissez que je suis Dieu » (Ps 46:11).

La vraie connaissance ne s'acquiert que dans l'amour. C'est pourquoi, dès les premières pages de la Bible, le verbe *connaître* désigne aussi la relation sexuelle entre un homme et une femme : « Adam connut Eve sa femme » (Gn 4:1).

Qui connaît l'autre, l'aime.
Qui connaît l'autre, le comprend.
Qui connaît l'autre, ne s'élève pas au-dessus de lui.
Qui connaît l'autre, l'aide.
Qui connaît l'autre, acceptera par amour de se laisser transformer.

Le fait de reconnaître est fortement associé à celui d'aimer. Pour lire et comprendre les styles de personnalité exposés dans ce livre, il y a un préalable : c'est l'amour qui donne en premier lieu sa vraie valeur au savoir. La connaissance dénuée d'amour est insensée et inutile. *L'agapé*, l'amour qui découle de Christ, anoblit le savoir et empêche d'en faire un mauvais usage aussi bien vis-à-vis de soi que vis-à-vis d'autrui.

Dans le plus bel hymne à l'amour, Paul a fustigé la connaissance froide et sans compassion : « Et quand j'aurais le don de prophétie, la science de tous les mystères et toute la connaissance, ... si je n'ai pas l'amour, je ne suis rien » (1 Co 13:2).

La Bible ne dément pas l'existence des différents styles de personnalité. Elle reconnaît la nature pécheresse de l'homme, ses points forts et ses points faibles, ses déficiences et ses motivations. Nous sommes acceptés tels que nous sommes, mais nous ne devons pas rester tels que nous sommes. La promesse suivante, proclamée par Paul, s'applique également au redressement des quatre structures de personnalité : « Si quelqu'un est en Christ, il est une nouvelle créature. Les choses anciennes sont passées; voici : toutes choses sont devenues nouvelles. Et tout cela vient de Dieu... » (2 Co 5:17-18).

Notre gratitude va aux innombrables personnes qui ont répondu à nos questions et dont les informations ont rendu nos recherches possibles.

Deux tests de personnalité

Avant que vous ne poursuiviez la lecture de ce livre, nous vous demandons de bien vouloir prêter attention aux remarques suivantes :

1. Si vous voulez établir avec une certaine précision le profil de votre personnalité, répondez avant de lire la suite au test d'autoportrait que vous trouverez aux pages 147-153. Vous n'aurez ainsi aucun parti pris par rapport à ce que vous aurez lu. L'évaluation des résultats sera possible à l'aide des indications fournies aux pages 154-155.

2. Si vous ne disposez que de peu de temps ou si vous lui donnez la préférence, vous trouverez aux pages 144-146, un moyen de procéder à un diagnostic sommaire qui mettra en relief vos principaux modèles de comportement et vos caractéristiques essentielles. Ce tableau pourra également être rempli par votre conjoint, un ami ou une amie qui, dans ce cas, cocheront les cases qui leur semblent correspondre à votre cas. Ce travail accompli, vous pourrez réfléchir aux points forts, aux convictions et aux habitudes qui vous réservent de la joie ou au contraire de la peine dans vos relations avec les autres.

I. Nous sommes tous différents

1. Les théories

Chaque être est unique, nous le savons bien. Il n'existe pas deux individus rigoureusement identiques. Dans le monde entier, il n'y a pas deux empreintes digitales qui se ressemblent en tous points. Il est vrai que les peuples d'une même race affichent certains caractères identiques : même couleur de peau, même forme d'yeux, de nez ou d'oreilles, des lèvres épaisses ou minces, des formes élancées ou trapues. Mais, à regarder de plus près, à l'intérieur de ces groupes, chaque individu est unique. Chacun a son aspect particulier, et sa propre façon de ressentir les choses, de penser et d'agir. Dans sa sagesse, Dieu a fait qu'il n'y ait pas deux hommes, deux plantes ou deux animaux qui soient rigoureusement copie conforme l'un de l'autre. Aucune feuille de hêtre, de chêne ou de poirier ne ressemble tout à fait à une autre. La création de Dieu est un prodige de diversité.

Depuis que l'homme peuple la terre, de nombreux spécialistes se sont efforcés de mieux le comprendre dans son originalité et de classer les individus en fonction de leurs caractéristiques et de leurs comportements. Il existe de nombreuses clés qui permettent de comprendre plus ou moins bien l'être énigmatique qu'est l'homme et de définir sa nature.

1.1 Les quatre tempéraments d'après Hippocrate

La plus ancienne théorie fixée par écrit remonte au médecin grec Hippocrate, père et fondateur de la médecine occidentale. Sa doctrine des quatre tempéraments (ou humeurs) reconnaît intuitivement et clairement l'existence de structures fondamentales de la personnalité; ses observations ont fait autorité pendant plus de 2 000 ans et trouvent encore aujourd'hui de nombreuses applications. Nous les évoquerons brièvement.

Hippocrate, qui a vécu au cinquième siècle avant Jésus-Christ, est parti du principe qu'il y avait une relation étroite entre les domaines corporel, mental et spirituel de l'homme. Pour lui, la santé ou la maladie étaient indissolublement liées à la personnalité. Cette conception était révolutionnaire à l'époque.

Le mot « tempérament » implique l'idée de « bon mélange ». Le tempérament de chaque être est donc un mélange d'éléments
- *sanguins,*
- *colériques,*
- *lymphatiques,*
- *mélancoliques.*

Cette définition des quatre tempéraments est basée sur l'existence de fluides dans le corps humain, qu'on rendait à l'époque responsables de la structure personnelle:
- le sang,
- la bile jaune,
- la bile noire,
- la lymphe.

On pensait que le dosage de ces substances corporelles favorisait tel tempérament. L'observation a confirmé la justesse de la classification. Par contre, son lien avec les liquides du corps a été réfuté depuis longtemps. Quoi qu'il en soit, chaque tempérament a ses traits caractéristiques.

L'homme au *tempérament sanguin* est généralement heureux et jouit de la vie. Il est
- actif et remuant,
- chaleureux et charmant,
- expansif et loquace,
- naturel et amusant,
- aimable et plein de vie.

Le *tempérament mélancolique* s'observe chez l'individu sombre, accablé et triste. Il est avant tout
- sentimental et replié sur lui-même,
- idéaliste et déçu,
- susceptible et pensif,
- sensible et prédisposé à l'art,
- minutieux et fidèle,
- fiable et autodiscipliné,
- pessimiste et indécis.

Le *tempérament colérique* caractérise l'homme fougueux et qui agit vite. Il est principalement
- énergique et décidé,
- volontaire et confiant,
- dépourvu de sensibilité et de compassion,
- rébarbatif et dur,
- entêté et intransigeant,
- autoritaire et irascible.

Le *tempérament lymphatique* se reconnaît chez l'homme engourdi, paisible et lent. Il est surtout
- calme et constant,
- bon enfant et pacifique,
- sobre et pratique,
- lent et paresseux,
- froid et indifférent,
- égoïste et non motivé.

Chaque tempérament a ses côtés positifs et ses côtés négatifs, ses forces et ses faiblesses. On retrouve ces quatre tempéraments sur toute la terre. Les personnages de la Bible sont eux aussi marqués par tel ou tel tempérament dominant.

1.2 Les formes fondamentales de la peur

Au lieu de tempéraments, le psychanalyste Fritz Riemann préfère parler de structures de la personnalité; il considère qu'il y a donc quatre structures dominantes qui caractérisent les dis-

positions et les comportements.[1] Il les rattache à des concepts liés aux névroses, mais il souligne expressément que *nous* possédons *tous* ces quatre structures de la personnalité. Il décrit principalement des structures saines, mais il montre cependant que des aspects névrotiques sont présents dans l'arrière-plan du vécu de chaque type de structure. Il mentionne les structures de personnalité
– *schizoïde,*
– *dépressive,*
– *obsessionnelle,*
– *hystérique.*

Ce sont ces structures de la personnalité, largement utilisées en psychiatrie, médecine et psychologie, qui seront examinées en détail dans ce livre.

Fritz Riemann part d'une constatation : le monde obéit à quatre impulsions puissantes. Il les définit en prenant l'exemple de la terre : elle est un type de l'homme qui, lui aussi, est maintenu en équilibre grâce à quatre forces qui agissent sur lui.
1. La terre accomplit un mouvement sur elle-même (la *rotation*) ;
2. La terre tourne autour du soleil (la *révolution*) ;
3. La terre est soumise à l'attraction de la pesanteur (la force *centripète*) ;
4. La terre est soumise à la gravitation (la force *centrifuge*).

Ces quatre impulsions sont nécessaires pour garantir l'équilibre de la terre. Si l'une des lois venait à disparaître ou à être sérieusement perturbée, il s'ensuivrait un désordre indescriptible et la terre retournerait au chaos. Riemann applique ces quatre impulsions fondamentales au cas de l'homme et découvre ainsi quatre dispositions essentielles qui caractérisent la vie personnelle et interpersonnelle de l'individu.

Impulsion de base 1: la rotation (se tourner sur soi-même)
Ce mouvement est indispensable. L'être humain doit devenir une personne indépendante, autonome et unique. L'homme n'est pas un individu interchangeable. Ce mouvement met en relief les notions d'autonomie, d'indépendance et de conservation.

Impulsion de base 2: la révolution (le mouvement autour des autres)

Il s'agit là de l'interaction avec autrui. Sont indispensables à l'homme : le don de soi, l'amour du prochain, l'assistance. Ce mouvement correspond à la dépendance, à la cordialité, à la proximité et aux liens de réciprocité. Ces deux impulsions sont *antagonistes*. Mais les deux modes de comportement sont indispensables à la vie.

Impulsion de base 3: la pesanteur

Il s'agit de la durée, de la permanence, de la clarté et de la sécurité.

La vie doit comporter un aspect prévisible et ordonné. Chaque chose doit occuper sa place. La stabilité, les limites et les structures jouent un rôle important pour l'équilibre de la personne.

Impulsion de base 4: la gravitation universelle

Elle traduit l'idée de mobilité et de changement. L'homme doit avoir la force de laisser derrière lui ce qui lui est familier et d'abandonner ses traditions. L'individu en qui cette énergie gravitationnelle est dominante dépasse ses limites et fait preuve de créativité. Il a le courage d'affronter l'inconnu, d'aller au-delà du point atteint et de s'ouvrir à de nouvelles perspectives.

Ces deux dernières impulsions de base sont également *antagonistes* et, comme les précédentes, elles font partie de la vie globale. Quatre forces fondamentales agissent positivement sur l'être humain et garantissent son équilibre psychique. A ces forces de base, Riemann associe des peurs spécifiques. Les quatre formes de peur correspondent aux quatre impulsions qui déterminent le mouvement de l'homme.

Impulsion de base 1: la personnalité schizoïde

La personne schizoïde craint le *don de soi*,
    elle craint la *dépendance*,
    elle craint la *perte de soi*,
    elle craint une *trop grande proximité*.

Impulsion de base 2: La personnalité dépressive
La personne dépressive craint *l'affirmation de soi*,
   elle craint *l'insécurité*,
   elle craint *l'isolement*,
   elle craint *d'être abandonnée*.

Impulsion de base 3: la personnalité obsessionnelle
Cette structure de personnalité craint le *changement*,
   elle appréhende *l'incertitude*,
   elle a peur du *chaos*,
   elle redoute les *compromissions, la tolérance et la liberté*,
   elle tremble devant *les risques* à prendre.

Impulsion de base 4: la personnalité hystérique
La personne hystérique craint le *manque de liberté*,
   elle craint d'être *mise à contribution*,
      elle redoute de se *sentir coincée par des directives ou des principes rigides*.

A chaque tendance correspond une peur de la tendance contraire. Ainsi, deux types de caractère se trouvent toujours diamétralement opposés. Les personnalités schizoïde et dépressive ont des dispositions et des comportements contraires. Il en est de même des personnalités obsessionnelle et hystérique. Pour un bon déroulement de la vie familiale, conjugale, professionnelle et ecclésiale, il est bon de connaître ces différences. Les intéressés parviendront ainsi mieux à s'adapter les uns aux autres. Chacun a la possibilité de mieux comprendre l'autre. Cette connaissance d'autrui permet de s'intéresser davantage à ses besoins et d'adopter l'attitude adéquate. Celui qui ne perçoit pas les quatre modèles fondamentaux correspondants aux différentes structures de personnalité et n'en tient pas compte aura du mal à analyser sa propre stratégie relationnelle et à la modifier en conséquence.

1.3 L'hérédité explique-t-elle tout?

«Connais-toi toi-même!» Cette maxime de la Grèce antique était et reste d'une brûlante actualité. L'homme cherche à sonder le mystère de son être. Dieu a-t-il inscrit en nous chacun des traits caractéristiques de notre personnalité ?

L'ovule et le spermatozoïde contiennent-ils tous les traits de caractère de l'individu ?

Le Créateur a-t-il fait en sorte que les forces et les faiblesses, les modèles de comportement positif et négatif se transmettent héréditairement ? Ces questions et bien d'autres assaillent notre esprit.

La théorie de l'hérédité enseigne que les qualités morales, les dons innés, la nature et la valeur du quotient intellectuel sont déterminés dès la conception de l'enfant et ne peuvent être corrigés par des influences extérieures que dans une très faible mesure.

Il ne fait aucun doute que les lois de l'hérédité jouent un grand rôle. Chacun naît avec certaines aptitudes, tendances et faiblesses. Mais contrairement aux animaux qui sont largement soumis à des « prédispositions naturelles », l'homme a la faculté de tirer les conséquences de ses penchants, ce qui est d'une portée considérable.

L'homme peut *se servir* d'une inclination,
    il peut l'utiliser pour *façonner* sa vie,
    il peut *laisser* une disposition *s'atrophier*,
    il peut également la *développer*.
La décision est du domaine de son appréciation.

Le professeur Dreikurs a judicieusement fait remarquer : « Il est donc évident que pour la configuration finale de sa personnalité, ce qui est décisif, ce n'est pas ce que l'homme apporte à la naissance, mais ce qu'il en fait. »[2]

Les chromosomes qui portent les facteurs héréditaires vont sans aucun doute façonner l'image de la génération suivante. Mais ce ne sont pas tant les propriétés et traits caractéristiques qui sont hérités, que la faculté de les développer. Cela veut dire que :
    l'homme répond,
    il prend position,
    il tire les conséquences,
    il façonne ses acquis biologiques.

C'est ce que pense également Alfred Adler, médecin autrichien et psychologue des profondeurs : « Ce ne sont pas les faits qui déterminent notre vie, mais la manière dont nous les interprétons. »

Pourtant, ne disons-nous pas :
- c'est un criminel *né*,
- c'est une racoleuse *née*,
- c'est un footballeur *né*,
- c'est un artiste *né ?*

Ne sommes-nous pas convaincus que l'enfant révèle les caractéristiques de son père, notamment
- son orgueil,
- sa facilité de parole,
- sa façon de se comporter,
- sa force de caractère,
- son intelligence ?

Ou bien, ne sommes-nous pas enclins à croire que l'enfant est
- corpulent comme sa mère,
- nerveux,
- attentionné,
- craintif,
- enjoué,
- possessif comme elle ?

Nous faisons chorus avec le proverbe « Tel père, tel fils » sans nous rendre compte que l'acceptation mentale de ce slogan nous lie les mains quant à l'éducation de nos enfants.

En pédagogie, la sagesse populaire n'a pas grand-chose à voir avec l'hérédité. On dit que les enfants ont *appris* telle chose de leurs parents, qu'ils ont *copié* leur façon de vivre. On attribue à l'hérédité des dispositions qu'on a imitées, découvertes, expérimentées et développées. De quoi estimons-nous nos enfants capables ? Les croyons-nous en mesure de faire quelque chose par eux-mêmes ? Pensons-nous vraiment que leur vie est déjà entièrement conditionnée par les gènes hérités ?

Si nous contestons les aptitudes personnelles d'un être, si

nous lui ôtons tout espoir de parvenir à des résultats par ses propres efforts, nous
- ébranlons sa confiance en lui,
- sapons son courage de vivre,
- freinons ses performances,
- discréditons les dons que Dieu lui a confiés.

Du temps où j'occupais des fonctions de secrétaire général à Hambourg, je me suis longtemps investi auprès d'un jeune qui venait de passer cinq ans en prison. Il m'a raconté un jour que son père, pessimiste, l'avait constamment traité comme un cas désespéré, ne lui avait jamais fait confiance et l'avait toujours comparé à sa sœur qui était ordonnée, douée et travailleuse. Que de fois ce jeune homme avait-il entendu la remarque : « Tu es un bon à rien, tu ne feras jamais rien de bien, tu finiras en prison. » Les psychologues parlent dans ce cas de « l'auto-accomplissement prophétique ». Le garçon fut effectivement condamné à une peine d'emprisonnement. Un jour, je dus téléphoner à son père pour obtenir un renseignement. L'homme me dit : « Vous perdez votre temps avec lui. Tout petit déjà, il affichait son sale caractère. »

Nous constatons donc :
une attitude *pessimiste*,
une disposition *incrédule*,
une attente *négative,* et de ce fait
une éducation *démoralisante* aboutissent à une structure de personnalité soupçonneuse et destructive à l'égard de la vie.

Même Fritz Riemann, à qui nous devons le résumé des quatre structures de personnalité du point de vue de la psychologie des profondeurs, prend clairement position lorsqu'il déclare :

« Ce n'est pas seulement ma constitution physique qui fait que je suis ce que je suis; ce sont ma disposition particulière et mon comportement particulier face au monde et à la vie, propriétés héritées de mon vécu, qui imprègnent ma personnalité et lui confèrent certains traits structurels caractéristiques. Ce qui est lié à mon destin — mes prédispositions psychophysiques innées, l'environnement de mon enfance avec la personnalité de mes parents et de mes éducateurs, la société avec ses règles du jeu dans laquelle nous venons au monde — doit, dans certaines limites, être façonné et peut se modifier, mais quoi qu'il en soit, tout cela ne peut se résumer à un simple plus. »[3]

1.4 La puissance déterminante de l'esprit

A propos de la corrélation entre les prédispositions héritées et les acquis, le psychiatre mondialement connu Victor E. Frankl a formulé une remarque lumineuse et convaincante :

« La nature psychique de l'homme n'est-elle pas héritée ? Ne dépend-elle d'ailleurs pas entièrement de sa constitution physique ? Quiconque le prétendrait prouverait par là même sa totale ignorance de la psychologie, de la biologie et de la sociologie, c'est-à-dire des réalités psychiques, physiques et sociales qui conditionnent entièrement l'existence humaine. Car l'être est un homme au vrai sens du terme lorsqu'il a commencé à dépasser le stade de ses limitations grâce à une puissance qu'on a pu appeler la puissance irrésistible de l'esprit. »[4]

A vrai dire, que signifie tout cela ?

1. L'hérédité et les prédispositions sont puissantes, mais non toutes-puissantes. C'est l'esprit qui détermine finalement le caractère.
2. Celui qui se repose sur son hérédité et sur ses prédispositions devient fataliste et névrosé. « Nous sommes alors en face d'un nouveau comportement névrotique, typique de notre temps, caractérisé par le fatalisme, c'est-à-dire la croyance en la puissance du sort » (Frankl).
3. Celui qui s'estime lié par son destin, celui-là ne sera jamais en mesure d'en triompher.
4. L'homme possède des instincts, mais ceux-ci ne possèdent pas l'homme. Contrairement à l'animal, l'homme peut résister à ses instincts.
5. L'homme possède certaines caractéristiques et capacités, mais il ne leur est pas assujetti contre son gré. Il peut réagir et changer.

Nous tenons donc entre nos mains ce que nous voulons faire de notre vie ou ce que nous permettons à d'autres d'en faire. Notre personnalité n'est pas une fatalité immuable. Nous pouvons abandonner les erreurs, les péchés et les mauvaises habitudes. Cela ne signifie cependant pas que nous puissions restructurer entièrement notre personnalité. On ne peut muer une personne hystérique en une personne compulsive.

L'apôtre Paul admet la possibilité de changer le « vieil Adam » et de corriger la personnalité lorsqu'il écrit : « Mes amis, puisque nous possédons ce qui nous a été promis en ces termes, purifions-nous de tout ce qui salit le corps et l'esprit, pour mener ainsi une vie pleinement consacrée au Seigneur dans le respect de Dieu » (2 Co 7:1 – Bible du Semeur).

Consciemment ou inconsciemment, nous avons adopté des modèles de comportement et des caractéristiques pour faire face à la vie. Nous pouvons affronter ces structures de notre personnalité et les remettre à Dieu pour qu'il les façonne et les corrige.

2. Les expériences

Avant la responsabilité personnelle, il y a encore les expériences que nous avons faites. Examinons-les de plus près.

Les expériences jouent un grand rôle dans la vie. Ne dit-on pas que l'expérience fait le maître ? L'homme apprend davantage par ses expériences que par l'enseignement théorique. Que ce soit dans la vie professionnelle, dans les affaires, dans les soins aux malades ou dans le domaine de la foi, on ne peut se passer de l'expérience. On recherche partout des personnes expérimentées. Les expériences sont le moteur des initiatives que nous prenons ou qui restent lettre morte. Les expériences influencent sur notre devenir, nos représentations, nos décisions et nos projets.

L'homme à dominante *active* a généralement fait des expériences positives et il s'y fie.

Il *se met à l'ouvrage*,
il *a confiance en lui*,
il *ose*,
il *fait valoir son potentiel.*

L'homme plutôt passif a souvent fait de mauvaises expériences. Comment réagit-il ?
>Il *se tient sur ses gardes*,
>il *attend*,
>il *ne prend aucun risque*,
>il se comporte de façon *méfiante*.

(On constate parfois l'effet contraire : l'enfant qu'on a négligé devient par nécessité un adulte très actif).

Comment se fait-il alors que des personnes débonnaires et prêtes à se sacrifier soient exploitées toute leur vie, alors que leurs expériences auraient dû les rendre plus prudentes ? Le dicton n'est-il pas toujours valable ?

Comment se fait-il que des peuples se déclarent la guerre, alors que les expériences du passé auraient dû leur apprendre que les guerres ne résolvent jamais les problèmes entre nations ?

Comment se fait-il que des millions de gens qui ont vu, lu et appris que la drogue ruine l'homme, l'essaient malgré tout ?

L'expérience seule ne rend pas l'homme plus sage. Nous ne pouvons puiser dans nos expériences que si
>nous savons comment fonctionne notre « atelier »,
>nous analysons notre modèle relationnel,
>nous avons reconnu le caractère subjectif des observations avec lesquelles nous interprétons et traitons nos expériences.

2.1 Comment acquérons-nous des expériences ?

Un enfant subit l'influence de son milieu, de sa famille, de ses parents et de ses frères et sœurs. Il est confronté aux pensées, aux sentiments, aux actions et aux valeurs de ses proches, et enregistre toutes sortes d'impressions. Mais les événements survenus aux autres et à lui-même ne sont pas simplement mémorisés comme sur une bande magnétique ; ce sont des informations qui vont être traitées. L'homme n'est pas un objet inerte qui accepte passivement le jeu des circonstances. L'enfant façonne ses impressions et en tire des conclusions.

Les enfants ne subissent donc pas seulement les influences extérieures, comme on le croyait autrefois ; ils les évaluent et les traitent. Ils se soumettent, protestent ou réagissent de telle ou telle autre manière à l'attente des adultes. Ils ne restent donc pas inactifs.

Comment s'effectuent les expériences ? Un gâteau prend la forme du moule dans lequel la pâte a été mise; les petits sablés sont découpés à l'emporte-pièce. Nous nous servons évidemment de formes préfabriquées et de patrons que nous avons déjà souvent utilisés. Il en va de même pour les expériences. L'enfant privilégie certains modèles et certaines perceptions pour évaluer les gens et les situations et pour les classer.

Ainsi, chaque être humain a ses *modèles de perception*,
sa façon à lui *d'interpréter*,
ses *préjugés*,
sa *logique personnelle*
son *aperception tendancieuse*, c'est-à-dire préorientée.

L'homme choisit ce qui est conforme à son style de vie. Il abandonne, fait semblant de ne pas voir et de ne pas entendre ce qui contredit son interprétation des faits. En d'autres mots, son système d'interprétation est la paire de lunettes à travers lesquelles il observe les événements autour de lui, et ceux qu'il vit lui-même. Chacun porte ce genre de lunettes avec lesquelles
il voit le monde,
il perçoit les gens,
il observe les conflits et les démêlés,
il interprète tous les phénomènes de la vie.

Si ces lunettes ne sont pas ajustées, toutes les expériences seront interprétées faussement. Il en résultera
le développement de *mauvaises façons de vivre*,
la naissance de *croyances fausses*,
l'apparition *d'erreurs d'appréciation* des relations et des hommes,
la présence de *points de doctrine erronés*,
l'émergence d'une attitude *fanatique* ou *idéaliste*,
la formation de camps *amis* et *ennemis*.
Il s'agit d'un modèle comportemental qui joue un grand rôle dans les quatre structures de personnalité.

2.2 Quelles expériences avons-nous accumulées ?

Nous n'envisagerons que celles qui ont trait aux trois modèles comportementaux ou dispositions fondamentales : la peur, la confiance et l'espérance, qui sont d'une grande portée dans la vie de l'homme. Ces trois facteurs se retrouvent dans notre expérience. Chacun de nous a déjà connu la peur, la confiance et l'espérance ; il les a traitées et intégrées à sa conception de la vie. Examinons-les de plus près. La peur est un sentiment que non seulement on éprouve, mais qu'on peut aussi mettre à profit. Elle peut servir. Il en va de même pour la confiance et l'espérance.

Ces trois éléments sont pour ainsi dire des outils dont nous nous servons pour maîtriser la vie. On peut les utiliser à bon ou à mauvais escient.

Le tout jeune nourrisson apprend très tôt ce que comportent la peur, la confiance et l'espérance. Il tire intuitivement ses conclusions et il en tient compte dans sa façon de vivre. Chaque être humain a fait l'expérience de ces dispositions fondamentales. Donnons quelques exemples pour illustrer ce propos :

Voici un enfant qui a appris à s'affirmer par le moyen de la peur. La peur est son arme de prédilection pour faire réagir sa mère. On imagine la suite :
– la mère *protège* l'enfant,
– elle *l'excuse*,
– elle le *défend*.

L'enfant sait en tirer toutes les conséquences : il a dorénavant le droit de dormir dans la chambre de ses parents ; il les empêche de sortir le soir ; rusé, il parvient à se soustraire à certains travaux. Inconsciemment et sans méchanceté, l'enfant a découvert le moyen de régenter sa famille. Plus tard, il trouvera moyen de se servir efficacement de l'arme de la peur.

Durant la scolarité, ce sera en se montrant désemparé devant ses devoirs. La maman devra passer plusieurs heures à l'aider à faire son travail scolaire. Dans la *vie conjugale*, la peur prendra une forme d'agoraphobie : le conjoint ne devra jamais le laisser seul, mais l'accompagner partout. La peur ne lui permet pas de faire un pas tout seul.

Dans la *vieillesse* surgira la peur d'être abandonné. Les proches n'auront plus le droit de voyager ni de s'absenter loin ou longtemps.

La *confiance* est également un sentiment sur lequel l'homme joue dans ses relations avec ses semblables. Tel enfant va avec confiance au devant des adultes, accepte avec assurance certaines responsabilités, se rend à l'école sans la moindre appréhension. Devenu grand, il nouera des relations confiantes avec ses amis, ses collègues et ses frères et sœurs dans la foi; il ne se laissera pas déconcerter par les déceptions. Il se mariera et n'aura pas peur de mettre des enfants au monde. En matière de foi, il ne sera pas facilement ébranlé, car il a confiance en la bonté et en l'amour de Dieu.

Il en est de même pour *l'espérance*. Elle traduit également un modèle de comportement qu'il faut apprendre. L'espérance n'est pas une qualité héritée.

L'espérance doit être *expérimentée*,
apprise,
développée.

L'espérance est fondamentalement une disposition, une tournure d'esprit, et non un sentiment. C'est l'aventure risquée qu'acceptent de courir les gens qui ont confiance en Dieu.

2.3 Projets de vie et logique personnelle

Grâce à ses expériences, chaque homme élabore sa vie. Avant même de savoir parler correctement, nous imprimons à notre style de vie ses premières caractéristiques. Nous agissons comme si nous savions ce que nous allons faire et comment nous allons le réaliser. En réalité, à cet âge-là, nous ne le savons pas, mais nous faisons comme si. Notre style de vie, la somme de toutes nos expériences et de toutes nos convictions fondamentales déterminent nos stratégies pour survivre et pour faciliter notre intégration dans le monde.

Tous les préjugés et les modèles de pensée que l'enfant se façonne sont comme les verres teintés d'une paire de lunettes au travers desquels il appréhende le présent et l'avenir. Même le nourrisson discerne tôt quelles méthodes s'avèrent efficaces, quelles astuces vont lui venir en aide et quelles réactions vont se révéler avantageuses pour lui. Ces choses ne sont pas héritées, elles sont *apprises*.

Lorsque l'enfant atteint l'âge de sept ans, son histoire est déjà écrite pour l'essentiel. Dans les années qui suivent, il ne fait que l'enrichir d'autres détails. Certes, à l'adolescence, nous faisons encore d'autres expériences, nous ajustons notre projet de vie et révisons tel ou tel point. De plus, des rencontres salutaires peuvent modifier le cours de l'existence, et la conversion a un impact décisif sur notre conception de la vie. Mais les structures originelles de la personnalité transparaîtront à travers toutes les déchirures de notre vie.

Le projet de vie de l'enfant d'abord et de l'adulte ensuite repose sur sa logique personnelle. Elle traduit le besoin d'auto-protection de l'individu. Celui-ci envisage et aborde la réalité de manière à pouvoir la contrôler. La psychologie conflictuelle englobe ce phénomène sous le nom de « déréalisation ». Il s'agit donc d'une perception qui colore subjectivement la réalité. On pourrait aussi parler de rationalisation, de justification du comportement, d'excuse intérieure.

A un projet de vie déterminé correspond une certaine structure de personnalité. Les penchants créatifs de l'enfant sont bien plus qu'une réaction aux attentes, aux recommandations et aux ordres de ses éducateurs. L'enfant enregistre, interprète et prend sa décision. Le projet de vie est donc une prise de position créative et responsable. C'est ainsi que l'enfant crée sa propre image et développe son estime de soi. Rudolf Dreikurs, de l'école adlérienne, part du principe que le caractère et le style de vie sont identiques. Il déclare :

« Le caractère d'une personne n'est rien d'autre que la manifestation du plan défini que l'enfant a élaboré pour le déroulement de sa vie. Le plan de vie (ou projet, ou style de vie) d'un enfant ne résultera pas de particularités définies ou d'événements épars, mais de la manière dont il surmontera les difficultés, peu importe d'ailleurs que celles-ci aient réellement existé ou qu'elles aient été considérées comme telles. »[1]

Ce qui précède nous permet de déduire que trois facteurs convergent pour former la personnalité :

1. L'hérédité :
    - la taille, la couleur des yeux;
    - certaines maladies ou prédispositions maladives;
    - les caractéristiques liées à la race;
    - les caractéristiques liées au sexe.

2. Le milieu ambiant :
    - l'éducation, la famille;
    - le milieu social;
    - les médias, les éventuels autres éducateurs clandestins.

3. L'activité créatrice :
    - la créativité;
    - l'homme fait des expériences;
    - il tire profit de ses tâtonnements et de ses erreurs;
    - il tire des conclusions;
    - il prend des décisions.

Idée clé:
« Ce qui est important, ce n'est pas ce que l'homme apporte à sa naissance, mais ce qu'il en fera » (R. Dreikurs).

2.4 Peut–on corriger des expériences négatives?

L'observation clinique et la relation d'aide ont permis de constater que des jeunes et des adultes
    ont la force de changer,
    acquièrent la conviction de devoir mener une nouvelle vie,
    se décident à adopter de nouveaux comportements,
    font preuve de persévérance pour renoncer à de mauvaises habitudes,
    apprennent à se confier en Dieu et à vivre en disciples du Seigneur.

Voici quelques suggestions pour la pratique :

Première piste de réflexion: Commençons par nous-mêmes !
Le changement doit s'opérer d'abord chez nous et non chez l'autre. Toute modification de ma trajectoire de vie commence par une

mise au point personnelle : « Seigneur, que veux-tu que je fasse ? »

En remettant en cause nos actions, nos comportements et notre style de relations, nous accomplissons un pas décisif pour modifier l'impact des expériences négatives liées à notre personnalité. Chaque personnalité a ses points forts, ses dons et ses potentialités, mais elle se caractérise aussi par ses manquements et ses expériences négatives. Toutes les particularités de la nature humaine qui nous pèsent et entravent notre relation avec Christ, sont susceptibles d'être changées. Toute correction de trajectoire implique un examen de soi : je décide d'analyser mon modèle de comportement et de pensée.

Deuxième piste de réflexion: Ne nous contentons pas de belles paroles !
Celui qui veut modifier les traits de sa personnalité qui posent problème ne doit pas se limiter à des intentions. Chrétiens et non-chrétiens excusent trop facilement leurs manquements respectifs. Adam et Eve ont pratiqué ce jeu de cache-cache déjà dans le jardin d'Eden. Chacun avait trouvé de « bonnes raisons » à son comportement fautif. Aucun n'a accepté d'emblée de reconnaître sa désobéissance. Depuis la chute dans le péché, les excuses, les justifications, les projections (faire porter la faute à l'autre) et les explications (destinées à nous protéger) font partie du répertoire comportemental de l'humanité déchue.

Celui qui prête une oreille attentive à ce que Dieu dit et qui s'efforce de corriger sa trajectoire devra veiller à ce piège. Voici quelques-unes de ces excuses fréquemment entendues :
« Que voulez-vous, je suis comme je suis ! »
« Mon caractère, je l'ai hérité ! »
« C'est bien Dieu qui m'a créé ainsi, non ? »
« Je ne peux pas me faire autrement. »
« Il faut m'accepter comme je suis ! »
Celui qui pense et agit ainsi s'accroche obstinément à ses fautes et à ses faiblesses et ne peut aller de l'avant.

Troisième piste de réflexion: Soyons logiques avec nous-mêmes quand nous prions !
Dans la relation d'aide thérapeutique, nous expérimentons souvent des choses étranges. Tel chrétien est pleinement persuadé

qu'il ne peut pas se refaire. Dieu l'a créé ainsi, et pas autrement. Il lui est donc impossible de modifier certaines particularités de sa nature qui compliquent pourtant sa vie avec les autres. Mais ce chrétien n'hésite pas à prier pour que Dieu
> change ces mêmes particularités chez les autres,
> accomplisse un miracle en modifiant la nature de son
> > conjoint, de ses enfants ou d'autres personnes,
> transforme ce que lui-même estime immuable en lui.

A considérer ces prières de plus près, on s'aperçoit que les chrétiens qui les formulent se disculpent facilement et doutent, au fond, de leur exaucement. La prière est pour eux un moyen d'adoucir le sentiment de culpabilité et de tranquilliser leur conscience. Rien ne change.

Au fond d'eux-mêmes, ils ne veulent pas de changement, parce qu'ils ne veulent pas qu'on touche aux motivations cachées de leur comportement.

Il faudrait que le diable soit vraiment un débutant pour ne pas réussir à maintenir des chrétiens sérieux dans ce leurre. Mais celui qui reconnaît les buts inavoués de son comportement, celui-là peut les exposer sans détours dans la prière.

Quatrième piste de réflexion: Reconnaissons nos objectifs cachés !

La décision d'aborder ses troubles intérieurs et ses difficultés interpersonnelles est tributaire d'une autre démarche. L'homme doit d'abord reconnaître les objectifs inconscients et généralement inconnus de son comportement à problème.

Le livre des Proverbes déclare : « Toutes les voies de l'homme sont pures à ses yeux; mais celui qui pèse les esprits, c'est l'Eternel » (16:2). Cela signifie en clair :
> Nous nous justifions,
> nous cherchons des excuses,
> nous savons par quels moyens nous disculper,
> nous finissons par considérer comme juste ce à quoi nous
> > nous sommes habitués.

Cependant, Dieu nous barre la route. Il examine nos raisons. Il regarde à la loupe nos motivations secrètes. Voici quelques questions susceptibles de nous aider à nous sonder et à débusquer nos intentions profondes :

Dans quel but est-ce que je fais cela ?
Qu'est-ce que je cherche à atteindre par cette disposition ?
Qui réagit à mes stratégies ? De quelle façon ?
Quand ai-je adopté ce modèle qui pose problème ?
Dans quelles circonstances ai-je fait preuve de supériorité ou de faiblesse, exercé une pression, manipulé, usé de représailles, utilisé la force ou le chantage, me suis-je montré désemparé ? En quelle occasion ai-je absolument voulu avoir raison ?
Quels sont les objectifs mal ciblés ou coupables que je reconnais moi-même ?
Quel est le but erroné qui caractérise le mieux ma personnalité ?
Si nous arrivons à en préciser un ou deux, nous pourrons alors les présenter concrètement dans la prière. Le processus du changement peut commencer.

Cinquième piste de réflexion: Dieu donne le vouloir et le faire !
Dans l'épître aux Philippiens, Paul montre comment la force de Dieu intervient dans ce changement :
« Faites donc fructifier votre salut, dans un esprit de respect et d'humilité... Car c'est Dieu lui-même qui agit en vous, pour produire à la fois le vouloir et le faire conformément à son projet plein d'amour » (Ph 2:12-13).

Dieu sollicite le concours de la volonté de l'homme et la participation de ce dernier à la modification de sa personnalité. La volonté est récompensée et fortifiée. Dieu est à l'œuvre par son Esprit pour que nous vivions de lui et en lui, et pour que dans de nombreux domaines, le changement de pensée porte des fruits.

La relation d'aide thérapeutique met en lumière ce qui se cache dans l'être intérieur et ce qui empoisonne les relations interpersonnelles, à savoir des motivations suspectes, des interactions dénuées d'amour et des péchés. Celui qui reconnaît ses péchés et les confesse, celui-là expérimente la libération des mauvaises habitudes et des modèles de pensée douteux.

Sixième piste de réflexion: Dieu fait preuve de patience avec nous !

Certains changements sont presque instantanés. La reconnaissance de ses torts devant Dieu et la confession des péchés métamorphosent radicalement l'homme. Il se produit un revirement décisif et visible.

Mais il existe aussi de nombreux changements de la personnalité qui s'échelonneront sur des mois et des années. Les chutes et les retours en arrière font partie du quotidien. Le vieil Adam qui, selon le mot fréquemment cité de Luther, « doit être noyé par une confession et une repentance quotidiennes », est un gaillard solide. Il remonte toujours à la surface et empoisonne notre vie. Luther, en des termes un peu triviaux, avait constaté que le vieil homme avait la vie dure : « Le cochon ! Il nage fort bien ! »

Certaines habitudes et expériences font tellement partie intégrante de notre personnalité individuelle que nous en avons besoin comme du pain quotidien. D'un côté, nous voulons nous en défaire, mais de l'autre, nous n'arrivons pas à y renoncer. Nous cherchons à les corriger, mais en même temps, nous leur sommes assujettis. Ce n'est pas à la légère que Jésus a demandé à un homme malade depuis de longues années s'il voulait être guéri. Le retour à la santé et à la pleine guérison exige un oui sans réserves au changement. Tout ce qui entrave la décision volontaire remet en cause la transformation.

L'auteur de la lettre aux Hébreux semble avoir une réelle connaissance de ce combat intérieur lorsqu'il écrit : « Souvenez-vous de ces premiers jours, où, après avoir été éclairés, vous avez soutenu un grand combat au milieu des souffrances... N'abandonnez donc pas votre assurance, à laquelle est attachée une grande rémunération. Car vous avez besoin de persévérance, afin qu'après avoir accompli la volonté de Dieu, vous obteniez ce qui vous est promis » (He 10:32, 35-36).

3. La structure de la personnalité envisagée comme un charisme

Nos personnalités différentes sont des dons et impliquent des devoirs. Chaque type de personnalité comprend un charisme particulier.

Que sont les charismes? Le mot charisme vient du grec «charis» qui signifie «grâce». La grâce est la faveur que Dieu nous accorde. Dans sa grâce, Dieu nous fait des dons. Luther déclare dans son catéchisme que «nous sommes illuminés de ses dons». Les dons de Dieu sont des présents qui nous sont faits pour que nous les acceptions et les fassions valoir. Dans l'Eglise de Jésus-Christ, chaque membre est appelé à servir. On n'imaginerait pas dans le corps humain un organe inactif et inutile. Il en est de même dans le corps de Christ. Le «sacerdoce universel» des croyants implique que chaque membre du corps découvre sa fonction et l'assume. Chaque chrétien se met à la disposition de l'ensemble avec sa personnalité propre, ses dons naturels et surnaturels, et ses aptitudes.

Le théologien Rudolf Westerheide fait la distinction suivante entre les dons «naturels» et «surnaturels» de l'Esprit:

«Il existe beaucoup de dons spirituels naturels. Il s'agit de dispositions naturelles qui, façonnées et sanctifiées par la Bible, deviennent des dons spirituels mis au service du Seigneur. L'Eglise a pour devoir de discerner ces dons chez les membres du corps et de les mettre en valeur. Elle doit les cultiver, les développer et les corriger par la sanctification. Ce dernier aspect est important si l'on ne veut pas que les dons servent à la glorification de telle ou telle personnalité, mais qu'ils contribuent au bien-être de l'ensemble du corps...»[1]

Le théologien charismatique Larry Christenson s'est aussi exprimé sur la question du lien entre charismes du Saint-Esprit et dons naturels:

«On ne peut pas toujours établir une distinction nette entre les dons du Saint-Esprit et les talents naturels. Les aptitudes naturelles et les dons charismatiques peuvent s'imbriquer les uns dans les autres, bien que ce ne soit pas toujours le cas. Parfois, le Saint-Esprit accorde à une personne un don qui ne semble pas du tout correspondre à ses talents naturels.»[2]

Pour nous, cela signifie que:
– les dons naturels doivent être exercés dans le cadre de l'église;
– la personnalité spécifique de chacun, donnée ou permise par Dieu, doit enrichir la vie communautaire;
– les particularités qui font l'originalité de chaque être et de chaque chrétien constituent la richesse de l'Eglise de Jésus;

- dans toute personnalité sont ancrées des aptitudes et des forces qui sont importantes pour la vie communautaire des chrétiens;
- tous les dons doivent être purifiés et sanctifiés dans l'obéissance à Christ;
- le Saint-Esprit peut accorder des dons qui n'ont rien à voir avec les talents naturels;
- tous les traits particuliers qui caractérisent la personnalité unique d'un individu ne servent pas à sa glorification et à son avantage propres, mais servent l'intérêt de l'église.

Il y a donc un lien étroit entre les dons particuliers de l'individu et leur utilisation en vue du bien de l'ensemble, comme Paul le souligne : « Or, à chacun la manifestation de l'Esprit est donnée pour l'utilité commune » (1 Co 12:7).

Dieu a prévu les différents tempéraments et types de personnalité. C'est ce qui permet au théologien Ole Hallesby d'écrire :

« Le tempérament est une constante marquante de notre personnalité depuis la naissance jusqu'à la mort... Il détermine notre personnalité et nous différencie de tous les autres humains. Cette différence propre à chaque individu fait partie du plan préconçu de Dieu. Elle contribue à la diversité et à la richesse de la vie dans toutes ses dimensions, dans le couple, dans la famille, dans l'amitié, dans la société et dans l'église... Tout a été fait pour glorifier Dieu. Même les tempéraments. Ils sont un aspect de la vie épanouie et en couleurs qui caractérisera un jour le royaume de Dieu, lorsque tout sera accompli. »[3]

II. Les quatre styles de personnalité

Remarques préliminaires

1. Les quatre types de personnalité sont de même valeur

Aucun des quatre n'est meilleur ou moins bon que les autres. Chacun présente des avantages et des inconvénients devant des situations existentielles bien définies. Chaque structure de personnalité est importante pour la vie en société.

2. Les quatre types de personnalité existent simultanément dans l'homme

Chaque être humain possède fondamentalement tous les comportements correspondant aux quatre personnalités différentes, mais les uns sont plus marqués que les autres. Certaines particularités sont bénéfiques pour la profession, l'amitié et l'amour, la foi et la vie quotidienne, tandis que d'autres sont un handicap. Afin de tenir son destin bien en main, chacun a élaboré une personnalité spécifique au contact de ses parents, de ses grands-parents et de ses frères et sœurs.

3. Une des quatre structures est prédominante

Chez la plupart des gens, une structure de personnalité l'emporte sur les autres. Elle détermine davantage la façon de penser, de ressentir et d'agir, ainsi que le type de relations interpersonnelles et de relations avec le Dieu vivant.

4. Les différents types de personnalité aident à comprendre le style de vie

Le style de vie comprend nos convictions fondamentales, notre vision du monde, nos préjugés, nos projets pour la vie et nos idées religieuses. L'optimisme ou le pessimisme, l'activité ou la passivité qui caractérisent notre comportement sont liés au profil de notre personnalité. Mais une *correction* du style de vie n'est généralement pas possible sans son *analyse* préalable.

5. Des traits d'autres types de personnalité apparaissent également

Il se peut que des traits spécifiques des autres types de personnalité apparaissent dans le style de vie de la structure prédominante. En d'autres mots, le style de vie qui reflète un type de personnalité s'appuie également sur des dispositions empruntées aux autres types de sorte que l'être humain puisse bien gérer sa vie.

6. Le type de personnalité ne doit pas servir d'excuse

Celui qui connaît bien son caractère doit veiller à ne pas excuser rapidement ses faiblesses et ses erreurs en les mettant sur le compte de Dieu qui l'aurait créé ainsi. Dieu nous tient toujours pour responsables :

« Au jour du jugement, les hommes rendront compte de toute parole vaine qu'ils auront proférée. Car par tes paroles tu seras justifié, et par tes paroles tu seras condamné » (Mt 12:36-37).

7. Les styles de personnalité révèlent nos aptitudes à vivre en société

Pour les rapports humains, il faut absolument savoir se lier, aimer, s'associer et s'intégrer. Les quatre types de personnalité montrent les forces et les faiblesses dans les aptitudes à la communication et à l'affrontement. La connaissance du type de personnalité permet d'agir sur les motivations qui poussent une personne à être franche ou méfiante, heureuse ou craintive devant les contacts personnels.

8. Notre personnalité explique la nature des relations avec autrui

On constate souvent que dans un couple, les conjoints sont très différents de nature, conformément au dicton : « Les opposés s'attirent. » Le profil de la personnalité permet de connaître dans le détail les dispositions et le modèle comportemental de chacun des partenaires. Ils pourront formuler clairement leurs désirs et leurs besoins, prendre en compte leurs manquements et en faire un sujet de prière concret. La connaissance du type de personnalité n'a pas pour but d'enfermer l'autre dans un moule rigide et de disposer de lui. Nous ne voulons pas asservir l'autre, mais comprendre son comportement et ses convictions.

9. Les types de personnalité expliquent également nos perturbations et nos manquements

Chaque style de personnalité a ses bons et ses mauvais côtés, des aspects intéressants et bénéfiques, mais aussi des comportements négatifs et perturbants. Les différents types de personnalité sont entachés de péchés conscients ou non, de mensonges et de manœuvres autoséductrices. Ils mettent en évidence les désirs réels, les intentions et les objectifs du comportement et des dispositions. Le désir de changement du consultant indique s'il y a eu repentance et si une modification de la trajectoire existentielle peut se produire.

10. Chaque type de personnalité a ses dons particuliers

Beaucoup de gens envient les autres. Ils aimeraient être aussi éloquents, aussi beaux, aussi capables de s'imposer, aussi sociables, aussi décontractés ou aussi aimables que telle ou telle personne. De tels sentiments d'envie sont vains et ne servent qu'à accentuer le complexe d'infériorité. Contentons-nous de nos talents et n'essayons pas de copier le profil de personnalité d'autrui. Dieu nous a créés comme nous sommes. Il nous reconnaît le droit de développer nos dons et nos aptitudes, de les utiliser, de les lui confier pour qu'il les purifie et les sanctifie afin que nous mettions au service des autres notre personnalité avec toute ses potentialités. « Il y a diversité d'opérations, mais le même Dieu qui opère tout en tous. Or, à chacun la manifestation de l'Esprit est donnée pour l'utilité commune... Un seul et même Esprit opère toutes ces choses, les distribuant à chacun en particulier comme il veut » (1 Co 12:6,7,11).

11. Les styles de personnalité mettent en lumière les péchés favoris qui doivent être abandonnés

Là où il y a des dons et des aptitudes, se manifestent aussi des péchés. Là où il y a de la lumière, on trouve inévitablement des ombres. Celui qui se reconnaît dans le miroir de ses dons et de ses charismes découvre en même temps l'envers de ces présents divins. Chacune de ces quatre structures de personnalité a ses péchés caractéristiques. Mais ceux-ci peuvent tous, sans exception, être rejetés. Mieux les faiblesses et les péchés seront définis, mieux la personne pourra adopter de nouveaux modèles de comportement.

Quel est le type de personnalité qui vous caractérise le mieux ?

Le but de l'exposé des quatre structures de personnalité est d'amener l'homme à mieux se connaître.
   Quelles sont mes *forces* ?
   Quelles sont mes *faiblesses* ?
   Quels sont mes *dons* ?
   Quels sont mes péchés *favoris* ?

Un premier coup d'œil permet au plus grand nombre de se situer. Vous reconnaîtrez d'emblée de quelle structure vous vous rapprochez ou vous vous éloignez. De nombreux traits caractéristiques ne sont toutefois pas mentionnés dans ce tableau schématique.

La personnalité schizoïde
- ✔ indépendante
- ✔ peur de l'assujettissement
- ✔ solitaire
- ✔ précise
- ✔ froide
- ✔ réaliste

La personnalité dépressive
- ✔ dépendante
- ✔ peur de la perte
- ✔ sociable
- ✔ prête à se dévouer
- ✔ sensible
- ✔ idéaliste

La personnalité compulsive
- ✔ ordonnée
- ✔ constante

- ✔ obéissante
- ✔ légaliste
- ✔ rigide
- ✔ pensive

La personnalité hystérique
- ✔ anthropocentrique
- ✔ éprise de liberté
- ✔ malléable
- ✔ généreuse
- ✔ instable
- ✔ insouciante

Telles sont quelques caractéristiques marquantes de chaque type de personnalité. Nous les aborderons maintenant en détail.

1. La personnalité schizoïde

1.1 La structure de base

Commençons par la structure dominante de ce type de personnalité. Elle est facilement reconnaissable dans les relations humaines et donne à la personne des comportements qui la différencient nettement des autres.

On pourrait résumer toute la philosophie existentielle de l'individu schizoïde ainsi :
    J'aime et je privilégie *l'indépendance.*
    Je pense avant tout *objectivement* et *rationnellement.*
    J'aborde tous les problèmes de la vie d'une manière *réaliste.*
    Je vis plutôt en *solitaire.*

La personnalité schizoïde se démarque de la masse des gens. Elle se tient à l'écart, se veut indépendante, évite d'avoir besoin des autres et de leur devoir quelque chose. Le mot schizoïde dérive d'un verbe grec (schizein) qui signifie couper, séparer.

Il s'agit donc de personnes intérieurement séparées du monde et de leurs semblables.

Autrement dit, la personnalité schizoïde typique
– est réservée,
– a un air de supériorité,
– fait grise mine à autrui,
– manifeste de la timidité dans ses contacts
– est peu sûre de ses sentiments.

Elle fuit la *proximité* humaine,
    elle se protège contre les autres, vit à *distance*,
    elle matérialise les *relations* humaines,
    elle se comporte de façon *anonyme dans un groupe,*
    elle *se livre peu* dans la vie communautaire,
    elle refoule ses *sentiments*,
    elle agit froidement et *impersonnellement*,
    elle se tient sur la défensive et se montre *méfiante*,
    elle *coupe le contact* avec les autres
    et *s'isole.*

Ce type de personnalité a des aspects positifs évidents. Le schizoïde
- accepte sa particularité,
- n'est pas un mouton de Panurge, mais se montre plus original que les autres,
- est plus soucieux de se protéger,
- se démarque volontiers,
- est indépendant,
- ne veut rien devoir à personne,
- a un sens aigu de l'observation,
- a davantage de force d'âme en lui,
- est généralement plus critique et plus intègre que les autres,
- n'est guère un sentimental,
- déteste l'exubérance,
- est clair et sans compromission,
- détermine son sort,
- vit sans illusions,
- croit fortement en soi,
- se sent supérieur,
- a parfois des traits de génie,
- aspire à la connaissance abstraite,
- utilise davantage sa raison que d'autres,
- est prédisposé à des travaux exacts,
- accorde la priorité aux choses plutôt qu'aux gens.

On ne peut pas nier que toutes ces qualités aient aussi leurs revers. Nous les connaissons bien. Le schizoïde
- cherche à se distinguer des autres,
- vit par conséquent en solitaire,
- n'a pas le sentiment d'appartenance à un groupe ni le sens de la communauté,
- se sent souvent incompris,
- a vite l'impression d'être rejeté par les autres,
- craint la dépendance,
- craint la perte du moi,
- est impersonnel et froid (et a également du sang-froid),
- manque d'assurance dans ses contacts,
- est difficilement abordable,
- a fréquemment peur de l'autre, et généralement de tout ce qui a trait

aux sentiments,
- est abstrait et ne connaît pas grand-chose à la vie,
- apparaît quelque peu original,
- cultive la méfiance,
- est coupé du monde et du vaste champ des événements,
- est partagé entre ses sentiments et ses instincts,
- est déchiré entre ses sentiments et sa raison,
- a un penchant marqué vers l'autisme,
- a tendance à voir le monde déformé, à cause de sa méfiance et de sa prise de distances.

1.2 L'enfance

Dans quel environnement social vit le nourrisson, puis le jeune enfant ? Même si les parents, les grands-parents et les frères et sœurs, autrement dit le milieu familial plus ou moins fermé, exercent sans contredit une influence sur le petit être, nous n'avons pas le droit de sous-estimer celle des médias tels que la radio et la télévision. Cette remarque est vraie pour toutes les structures de personnalité. Tout petit déjà, l'être humain emmagasine des impressions globales et se trouve confronté avec tous les problèmes de l'humanité. Les impressions reçues sont plus variées, plus fébriles et se modifient plus rapidement qu'au siècle dernier. Au milieu de tous les démêlés entre humains, l'enfant fait l'expérience de son monde, organise sa vie, se forge son identité et tire les conclusions nécessaires pour son style de vie. Dans ses échanges avec ses proches, le petit adopte ses propres normes et valeurs ainsi que ses modèles comportementaux constructifs et destructifs.

Comment la future personnalité schizoïde perçoit-elle son environnement social ?

Lorsque le bébé vient au monde, il est, plus que tout autre, dépendant de la présence, des soins et de la protection d'autrui. L'enfant est-il comblé, ou bien ressent-il déjà très tôt un sentiment d'insécurité et d'abandon ? Le futur schizoïde ne vit pas dans un environnement chaleureux et fortement sentimental. L'absence de joie de vivre qui, selon la psychothérapeute Johanna Herzog-Dürck, caractérise son environnement social, est déterminante. Mais les premières désillusions ne sont pas liées à des négligences dans le domaine des soins ou de la nourriture. Les premières frustrations sont plus profondes. De nombreux parents considèrent l'enfant comme une chose, comme un objet qu'il faut manipuler avec compétence. Ce qui fait défaut, c'est le dialogue affectueux. Il manque le sourire du père et de la mère, le dévouement tendre, le contact corporel et l'amour protecteur. Le climat familial est marqué par la distance et la froideur. L'enfant ne connaît pas l'atmosphère chaleureuse et bienfaisante d'un foyer uni. Il est plutôt témoin de scènes qui inspirent la crainte et l'effroi. Plus tôt que nous le pensons, l'enfant qui est souvent laissé seul, repoussé dans son coin ou livré à lui-même, se protège par le repli sur soi, en devenant craintif et méfiant. Peut-être ses parents exercent-ils tous deux une activité professionnelle extérieure, ou bien ont-ils d'autres petits enfants desquels ils doivent s'occuper, ou encore réagissent-ils de façon impatiente. Abandonné à lui-même, l'enfant tire les conséquences des carences émotionnelles dont il est victime.

Si plus tard la personnalité schizoïde se comporte négativement dans la vie, peut-être même de manière névrotique, on pourra en déduire que dans son enfance, elle n'a pas connu la joie de vivre. Ayant eu un père et une mère psychiquement éloignés de ses besoins, l'enfant ne sera pas disposé, en grandissant, à faire confiance aux autres. Il préférera vivre en marge de la société et ses relations avec ses semblables seront marquées du sceau de la méfiance.

Il existe d'autres modèles de parents qui contribuent à façonner une personnalité schizoïde. Ce sont ceux qui surprotègent l'enfant et le comblent de prétendues marques d'amour. Ils l'emmènent partout avec eux. Ils ne prennent en fait pas garde aux réels besoins de l'enfant et le soumettent à une tendresse forcée. Ce débordement de sentimentalité et d'attentions suscite souvent chez le petit une résistance et un mouvement de repli. Il se sent étouffé, se défend et s'arrache à l'étreinte de ses parents.

On comprend que des adultes schizoïdes aient connu dans leur enfance une démesure d'amour et de tendresse, et qu'ils l'aient ressentie comme une *menace*. Plus tard, ils refuseront d'être incorporés et encore moins assujettis. Ils ont une grande soif de liberté et d'indépendance.

Un tel climat est peu propice au développement du sentiment

de confiance. L'enfant a beaucoup de mal à s'orienter dans ce monde compliqué. Il lui manque à la fois un point de référence stable et un havre de paix. Le fond sonore est déconcertant, l'excitation ambiante lourde à supporter. Le rythme de sommeil de l'enfant est troublé parce que les personnes qui le mettent au lit agissent chacune différemment. Comment réagit l'enfant ? Il s'esquive et évite le contact vivifiant. Il se sent en quelque sorte livré à lui-même. Plus tard, il pensera, ressentira et agira en référence à lui-même. Sa vie affective s'étiole, et il fuit les relations riches en émotions. Le schizoïde ne considère pas le monde comme sa patrie ou comme un endroit sûr. Il souffre de *crainte existentielle*.

La naissance de la personnalité schizoïde, en quelques mots :

Les parents acceptent l'enfant,
 l'incorporent dans un monde de contraintes,
 ne comblent pas ses réels besoins,
 l'éduquent et le nourrissent,
 ne s'efforcent pas d'être proches de lui,
 vivent de manière distante et froide,
 ne lui communiquent ni chaleur ni intimité,
 ne lui montrent ni sollicitude ni tendresse,
 négligent le contact corporel,
 réagissent avec détachement à sa souffrance, à sa détresse,
  à son malheur, à sa peine.

L'enfant expérimente trop peu l'émotion,
 expérimente le côté pragmatique des choses,
 expérimente l'aliénation,
 expérimente peu la dimension humaine.

1.3 Les professions préférées

Les traits propres à ce type de personnalité et les événements de l'enfance agissent fortement sur le cours ultérieur de la vie. Il est manifeste que les métiers les plus fréquemment choisis par les personnes schizoïdes sont les suivants :

physiciens	mathématiciens
psychologues	critiques littéraires ou artistiques
ingénieurs	théoriciens
penseurs	inventeurs
bibliothécaires	photographes
spécialistes de tout genre	excellents bricoleurs
chercheurs dans le domaine des sciences de la nature	
observateurs (microscope, télescope)	

Cette liste peut s'allonger à volonté. Elle révèle clairement que l'intérêt de la personne schizoïde se porte avant tout sur les choses et non sur les personnes, sur les raisons et les mécanismes, et non sur les relations.

1.4 Le malade schizoïde

Les personnes schizoïdes sont fréquemment atteintes de certaines maladies en particulier.

Voici ce que dit à ce propos Fritz Riemann : « On peut classer les douleurs, les plaintes et les symptômes des patients schizoïdes de la façon suivante :

Dans le domaine somatique, ils se plaignent essentiellement de troubles plus ou moins graves du sommeil. Les médecins qu'ils consultent parlent souvent de « fragilité végétative », mais ce diagnostic aussi imprécis qu'infructueux est loin de rassurer les malades, car il repose sur des notions que les patients ne peuvent se représenter. Il n'est pas rare non plus que les personnes schizoïdes souffrent d'asthme et d'affections cutanées, c'est-à-dire de troubles qui affectent des organes de la communication et du contact. Enfin, elles se plaignent également de troubles sexuels, d'impuissance ou de frigidité. »[1]

Les maux suivants sont également typiques des schizoïdes qui apparaissent souvent comme des êtres bizarres, des autistes, des originaux, des sceptiques et des agnostiques :

- gastrite,
- ulcères de l'estomac,
- ulcères du duodénum,
- tuberculose pulmonaire,

- pression artérielle trop basse (mauvaise régulation végétative)
- constipation (principalement chez les femmes),
- schizophrénie.

A côté de ces troubles somatiques, il ne faut pas sous-estimer l'importance des perturbations psychiques.

Pour Riemann, les enfants qui affichent une structure schizoïde négative
- acquièrent une *méfiance* agressive,
- *rejettent les liens*,
- développent une tendance à *l'hostilité* envers leurs semblables et la vie en général,
- sont poussés dans la solitude, *l'isolement* et la maladie.

Riemann fait observer que l'augmentation des actes de violence et de la colère destructrice de la jeunesse est à mettre au compte d'une société qui devient de plus en plus schizoïde :

« Ils vivent leurs passions et leur haine sans réflexion ni considération, comme s'ils étaient poussés par un désir de destruction, ce que nous observons chez des patients gravement schizoïdes... On constate le développement d'une forme d'agression inquiétante parce que difficilement identifiable : des crimes et des attentats qui ne s'expliquent pas par des causes connues comme la détresse, la jalousie, la convoitise ou la vengeance, mais qui sont l'expression du mépris du genre humain et de la vie. Nous savions jusqu'alors qu'étaient capables de tels méfaits les personnes qui ne voient pas de sens à leur vie, qui n'ont pas de liens forts ou qui les ont perdus. »[2]

La perte de liens solides conduit à la perte du sens de la vie :

La chaîne négative se termine par la réaction démente du schizoïde. De l'état normal, il a glissé dans l'état maladif. Il est atteint psychiquement et nécessite des soins médicaux. Il en arrive à un seuil critique lorsqu'il considère comme ennemi quiconque ne partage pas son opinion. Il réagit alors souvent d'une manière offensive
- en critiquant les autres,
- en leur prouvant que leurs conceptions sont sans valeur,
- en se retranchant dans un isolement total.

Il vit dans l'impression qu'il est haï de tout le monde. Il croit que les autres lui veulent du mal. Il se sent observé, persécuté, espionné. Il est convaincu que son téléphone est mis sur écoute, que son courrier est ouvert, que sa nourriture est empoisonnée et que ses amis complotent contre lui.

Tous ces symptômes sont des signes de troubles paranoïdes de la personnalité.
Le sujet
- se sent exploité,
- lésé,
- remet en cause la fiabilité de son prochain,
- réagit jalousement,
- doute de la fidélité de son partenaire,
- fait de la méfiance un principe directeur de sa vie,
- croit que les autres répandent des bruits infâmes sur son compte.

Voici, pour clore cette section, les critères diagnostiques indiqués dans le *Manuel Mini-DSM III-R*:
 « A) Mode général d'indifférence aux relations sociales et restriction du registre affectif (expériences et expressions émotionnelles), apparaissant au début de l'âge adulte et présents dans des contextes divers, comme en témoignent au moins quatre des manifestations suivantes :
- (1) ne recherche ni n'apprécie les relations proches, y compris les relations intrafamiliales,
- (2) choisit presque toujours des activités solitaires,
- (3) dit ou ne semble ressentir que rarement ou jamais des émotions fortes, telles que la colère ou la joie,
- (4) ne manifeste que peu ou pas de désir d'avoir des expériences sexuelles (compte tenu de l'âge),
- (5) est indifférent aux éloges ou aux critiques d'autrui,
- (6) n'a pas d'ami ou de confident proches (ou seulement un) en dehors de ses parents du premier degré,
- (7) fait preuve d'un émoussement des affects, par exemple est distant, froid, ne répond que rarement aux gestes ou aux expressions mimiques tels que les sourires ou les hochements de tête.

B. Ne survient pas exclusivement au cours de l'évolution d'une schizophrénie ou d'un trouble délirant. »[3]

1.5 La foi

Les particularités de ce type de personnalité ont évidemment des répercussions sur la vie religieuse du schizoïde.
- ❖ Celui-ci extériorise rarement sa foi;
- ❖ médite longuement sur le texte et la prédication;
- ❖ réagit émotivement peu à ce qu'il a entendu;
- ❖ préfère une prédication sobre;
- ❖ ne s'intègre pas facilement à la communauté ecclésiale;
- ❖ est plus disposé à agir qu'à parler dans l'intérêt du royaume de Dieu.

L'apport du chrétien schizoïde est discret mais solide. Ce type de chrétien croit et vit en conséquence;
- ❖ croit plus objectivement que subjectivement;
- ❖ s'appuie sur la Parole et non sur ses sentiments;
- ❖ prie de manière sobre;
- ❖ est difficile à persuader, mais quand il est convaincu, il tient ferme dans la foi et se montre fidèle;
- ❖ argumente avec sa raison et veut être convaincu par des raisonnements logiques;
- ❖ est persévérant et fiable.

1.6 Le schizoïde dans ses relations

Le dysfonctionnement caractéristique d'une personnalité schizoïde se manifeste par ses faibles aptitudes à se lier socialement. Le schizoïde perturbé
- est *indifférent* aux autres,
- est *méfiant* à leur égard,
- se maintient à *distance* de son entourage et ne lui témoigne *pas d'amour*,
- se montre *froid* et *inaccessible*.

Il ne laisse rien percer de sa vie, se montre taciturne et assez insensible aux événements qui surviennent. On comprend que ses proches soient souvent déçus par ses réactions et acceptent difficilement un tel comportement apparemment dénué d'amour.

Le schizoïde est un solitaire. Peu de personnes ont accès à son cœur et à ses sentiments qui demeurent généralement totalement cachés.

Il organise sa vie seul, résout ses problèmes seul, satisfait ses désirs et ses besoins seul.

Dans l'ensemble, il est peu sensible à la louange et aux critiques d'autrui. Ce que les autres pensent et disent à son propos lui est indifférent.

Il évite de se montrer ouvertement agressif et hostile.

Sur le plan professionnel, il réussit souvent admirablement tant qu'il n'est pas obligé de nouer des contacts avec les autres. Il préfère travailler seul. Si les troubles de sa personnalité s'accentuent, ses aptitudes professionnelles diminuent. Le schizoïde n'établit qu'un lien très faible entre la vie et le travail. Toute sa perspective existentielle est obscure.

Cela montre à quel point la personne schizoïde a du mal à nouer des relations sociales. Dans le cadre du couple, on peut donc s'attendre à des difficultés particulières.

Quelles sont les caractéristiques de l'amour du schizoïde?

Envisageons d'abord l'aspect négatif. Le schizoïde

- aime avec une certaine distance, en n'engageant pas trop sa personne;
- ne montre pas son amour du premier coup;
- n'affiche pas ses sentiments;
- ne témoigne pas beaucoup de tendresse;
- préfère un partenaire avec lequel les contacts sont simples;
- réduit l'amour à une cœxistence pacifique;
- ne veut pas se laisser embrigader dans la vie conjugale;
- exprime son amour davantage par des actes que par des paroles;
- privilégie un conjoint sentimental;
- aime les femmes qui se soumettent;
- ne vit pas une union intime avec son conjoint;
- ne parvient guère à s'épancher;
- recherche l'accord sans longs palabres;
- a beaucoup de mal à s'occuper du conjoint malade ou désemparé;
- n'aime pas discuter pendant des heures.

Les aspects positifs de l'amour du schizoïde sont les suivants: Il
- discerne clairement l'essentiel;
- n'éprouve pas le besoin de prouver son amour;
- aime d'un amour plus réaliste que les autres types de personnalité;
- tient ses promesses;
- prouve son amour par des actes et non par des paroles;
- aime de façon constante;
- n'a pas besoin de se forcer;
- est fiable;
- fait preuve de beaucoup de tolérance;
- donne à son amour des aspects facilement prévisibles;
- ne se laisse pas aisément démonter par ses humeurs;
- ne prend pas des décisions vitales à la légère;
- octroie une grande liberté à son conjoint;
- ne se cramponne pas à lui;
- est peu sensible aux craintes liées aux pertes possibles.

Marié(e) à un ordinateur

Les conjoints de personnes schizoïdes se sentent souvent frustrés. Ils souffrent de la froideur, de la distance et du sentiment de leur incapacité.

«Tu n'aurais jamais dû te marier!»

«Tu as besoin d'une femme de ménage et d'une bonne cuisinière, mais pas d'une épouse à chérir!»

«J'ai épousé un frigo!»

Telles sont quelques-unes des plaintes exprimées par les conjoints de personnes à tendance schizoïde. Ils ont recherché quelqu'un de fort, honnête et droit. Ils l'ont trouvé. Mais ils se sont rendu compte ensuite qu'il était dénué de sentiments, de cœur, de tact, d'imagination et de tendresse. L'absence de ces qualités donne lieu à de nombreuses frictions et à des blessures vives.

Les schizoïdes papillonnent volontiers autour de natures plutôt dépressives, richement dotées de sentiments, qui n'hésitent pas à se montrer chaleureuses et proches. Tant que les rencontres se limitent à deux contacts par semaine et que le reste du temps, ils retrouvent leur propre lit, leur chez-soi et leur vie bien réglée, tout se passe bien. Mais il n'est pas rare que le mariage et la promiscuité de jour et de nuit qui s'ensuit transforment la vie conjugale en cauchemar. Ceci est surtout vrai dans les formes extrêmes de schizoïdie.

Les personnes schizoïdes aiment souvent les hystériques, capables de se mouvoir avec élégance dans toutes les situations. Ils admirent l'aisance de leurs partenaires. Ils envient la volubilité et le charme qu'ils répandent à profusion. Eux-mêmes sont souvent empruntés et gauches. Les paroles qui sortent de leurs lèvres sont creuses et maladroites. Ils font impression par leurs capacités et leur logique, mais pas par leur éloquence et leurs démonstrations de tendresse, qualités qui souvent fascinent.

Les conjoints schizoïdes constatent hélas souvent trop tard que les serments d'amour-passion et les marques de tendresse de leur partenaire hystérique s'évanouissent comme le vent. Ce sont de belles paroles en l'air qui reposent rarement sur un fondement réaliste.

Il est rare que le schizoïde tombe amoureux d'une personne compulsive. Ces deux tempéraments ne s'attirent généralement pas. Les deux ont la même rectitude. Et le côté trop consciencieux, moral à l'excès et maladivement ordonné n'est pas spécialement attrayant pour le schizoïde. S'il arrive néanmoins qu'un schizoïde s'éprenne d'une personne compulsive, leur vie conjugale sera une association dont les points forts seront l'ordre, le légalisme et la morale. L'une des deux personnalités l'emportera sur l'autre. Les deux conjoints seront fiers et heureux s'ils gèrent bien leur vie, éduquent bien leurs enfants, accomplissent bien leur travail et tiennent leur vie conjugale bien en mains.

L'ingénieur de l'amour

Pour de nombreux schizoïdes, l'amour est un livre scellé par sept sceaux. Ils assimilent l'amour en premier lieu à la sexualité. L'amour sentimental et l'érotisme sont souvent limités aux rapports sexuels. Ils considèrent le temps préliminaire consacré à la tendresse comme du temps perdu. Le schizoïde ne s'embarrasse pas de mots tendres, il ne s'embarrasse pas non plus de techniques destinées à éveiller les sens; il manque d'antennes pour « capter » les désirs de son conjoint.

La personnalité schizoïde ne sait généralement pas offrir sa tendresse. Offrir est un art. Celui qui arrive à offrir de son cœur procure à la personne aimée un réel plaisir. Il se met à la place de l'autre,

>   il devine ses désirs,
>   il connaît la teinte de son vernis à ongles,
>   il sait quelle est sa marque de chocolat préférée,
>   il sait quelle est sa couleur de prédilection,
>   il a enregistré ses fleurs préférées dans sa mémoire,
>   il est capable de dire immédiatement le nom de son parfum favori.

Dans ce domaine, les schizoïdes sont souvent frappés de cécité. Ils offrent plutôt des choses pratiques. Ils emballent le vase, les vêtements, l'électroménager ou l'accessoire auto dans du papier kraft qu'ils ferment au moyen d'un ruban adhésif. L'essentiel n'est-il pas le contenu ? Un contenant élégant avec rubans et jolis nœuds est donc superflu !

A l'occasion de l'anniversaire de sa femme ou de celui de leur mariage, le schizoïde amoureux erre comme une âme en peine, le front plissé, se demandant quel cadeau il va lui offrir, et finalement il glisse deux cents francs dans une enveloppe, démontrant ainsi à sa compagne son absence totale d'imagination !

Ou alors, il lui fait des cadeaux utiles. Comme son style de vie est caractérisé par son esprit rationnel et pragmatique, il offrira à son épouse une poêle neuve ou le dernier modèle ultrasophistiqué de cafetière électrique. Je connais un homme qui a offert à sa femme un autocuiseur super-économique, composé de plusieurs éléments. (Cet ustensile est toujours dans son carton, car l'épouse a été incapable de déchiffrer les conseils techniques d'utilisation et elle craignait que la forte pression à l'intérieur de la marmite ne la fasse exploser.)

Le mari, grand technicien, décontenancé, se tient à côté de sa femme, regarde l'objet d'un air embarrassé et dit finalement : «Maintenant, en moins de 25 minutes, tous tes différents plats seront cuits à point ! » La femme pleure en se disant : «Mon mari a beau être un ingénieur hors pair, il ne sait pas se comporter en amoureux ! » Cet homme aligne allègrement des calculs avec trois décimales; or, l'amour a besoin, non d'une calculatrice, mais de sensibilité et de doigté.

L'amour dans un monde schizoïde

De nombreux auteurs affirment que nous vivons dans un monde de plus en plus schizoïde. Fritz Riemann parle d'un « processus de schizoïdisation collective ». Responsabilité personnelle et réalisation de soi sont des concepts qui sont presque gravés sur le front des schizoïdes.

On entend par réalisation de soi les efforts déployés pour son bien-être personnel. Il s'agit d'une tendance égocentrique et non altruiste. Mais si l'épanouissement personnel est obtenu au détriment de l'autre, il est un péché. Car cette démarche manque le vrai but en recherchant avant tout l'intérêt personnel, en cultivant l'amour égoïste de soi et en sacrifiant l'amour du prochain. Le besoin de se valoriser et de se protéger sont des priorités chez le schizoïde. L'autarcie et le libre arbitre jouent un grand rôle.

De nombreux schizoïdes, principalement des hommes, ont un extérieur dur et un cœur tendre. En apparence, ils sont blindés, agissent d'une manière cassante et décidée, mais intérieurement, ils ont la consistance d'une pêche mûre. Ils détestent les larmes et les marques de sentimentalité ; ils cachent leur tendresse sous une écorce rugueuse.

Le monde schizoïde est dépourvu d'amour. Le fait qu'aujourd'hui un couple sur trois finit par divorcer prouve à l'évidence que notre monde
- ne connaît pas de bonnes relations,
- ne sait pas ce que sont la chaleur et la sécurité,
- vit sans confiance ni tendresse,
- néglige le dialogue et l'intimité verbale.

Mais lorsque dans un couple le langage de la proximité, de la tendresse, du don et de l'échange disparaît, le contact entre conjoints se réduit à la sexualité. On se contente du plus petit dénominateur commun. Plus l'amour véritable perd son sens et s'étiole, plus l'être humain s'accroche à des techniques dites amoureuses et participe à des séminaires sur la sexualité. Les organes génitaux sont en manque de contact. Ils se satisfont du rapport physique hâtif et se séparent aussitôt. Car les cœurs n'ont rien à se dire.

Ce qui est de plus en plus vrai de notre monde, l'est particulièrement de la personne schizoïde qui se caractérise par
- un égocentrisme marqué, une incapacité d'aimer et de vouloir aimer, et une carence sur le plan de la sensibilité;
- une méfiance profondément ancrée et un manque d'assurance dans ses relations humaines;
- un manque de joie de vivre et notamment de capacité à se lier d'amitié;
- une absence de liens solides avec une personne proche, mais en revanche de la crainte dès que les autres cherchent à se lier avec elle;
- une tendance à la rupture soudaine et incompréhensible de relations existantes, à une ambivalence bourrue, à la transformation rapide d'une attirance en rejet et en haine.[4]

1.7 Les vrais motifs

« Ma force réside dans mon réalisme. » Cette affirmation pourrait servir de devise au schizoïde. Celui-ci n'a pas été marqué par un climat émotionnel. Il peut donc développer ses points forts d'une manière très rationnelle.

Le schizoïde chrétien est avant tout un penseur objectif. Dans la vie d'église, au sein du collège des anciens ou du conseil presbytéral, on prête attention à son jugement. Il aborde les questions relatives à la vie et à la foi d'une manière sobre et rationnelle. Il n'est pas très marqué par les influences émotionnelles ou irrationnelles. La Parole de Dieu est pour lui le pain de vie, et non une crème au caramel. Il recherche du pain complet plutôt que du pain blanc. Il ne se laisse pas émouvoir ni enthousiasmer par des prédications très colorées avec des témoignages poignants. Il fait attention à la semence, pas à son emballage.

Le schizoïde chrétien voit l'essentiel. Il a un aperçu clair de ce qui est fondamental. Il fait passer l'accessoire au second plan, ce qui lui permet de souligner l'important.

Il en arrive vite au fait majeur. Il ne tourne pas autour du pot. Il aborde le cœur du problème sans se laisser distraire par les détails.

Il *réfléchit* beaucoup et *observe* attentivement. Etant à l'abri de l'émotionnel, il peut se permettre d'analyser longuement et avec précision. Comme il insiste beaucoup sur l'objectivité, il accorde une grande importance au *savoir*. Le schizoïde est un chercheur qui réussit bien. On lui doit de nombreux brevets et de multiples inventions. Rappelons cependant que ses découvertes concernent plutôt le domaine technique que le domaine artistique.

Quand il prend la parole, il le fait brièvement. Il n'a pas de mal à respecter le temps de parole qui lui a été imparti. Il parle en général calmement et sans emphase. On ne le voit pas soumis à des sautes d'humeur.

> Il *est objectif* parce qu'il reconnaît sa valeur dans cette qualité,
>
> il *réagit* de façon décontractée parce qu'il y voit sa force,
>
> il se *sert* avant tout de sa raison et non de ses sentiments, parce que c'est la caractéristique de sa personnalité.

N'importe quelle structure de personnalité a ses faiblesses et ses manquements, et par conséquent aussi ses péchés spécifiques.

Il s'agit de :
> liens que nous ne reconnaissons pas,
>
> d'images erronées de nous-mêmes auxquelles nous nous attachons,
>
> de mensonges auxquels nous croyons,
>
> d'asservissements auxquels nous ne voulons pas renoncer,
>
> de préjugés que nous nous sommes forgés en fonction de notre style de vie.

On constate donc que la personnalité schizoïde, qui maintient autrui à distance, agit sans amour. Elle a du mal à pratiquer le commandement fondamental de l'Ancien et du Nouveau Testament, « Tu aimeras ton prochain comme toi-même ». Elle souhaite qu'on la laisse tranquille. Ses yeux ne sont pas dessillés. Elle n'est pas sensible aux problèmes, détresses et difficultés de ses semblables.

Cela n'empêche pas de nombreux schizoïdes d'être des pères et des mères très attentifs pour leurs enfants. Mais rappelons-nous que leurs préoccupations sont essentiellement de nature concrète et pratique. Ils savent s'occuper des besoins matériels de leur conjoint, de leurs parents et de leurs enfants, mais ils laissent à d'autres le soin de leur témoigner de la compassion, de l'amour, de la consolation et de l'encouragement. Comme depuis leur plus tendre enfance, les élans du cœur n'ont été ni encouragés ni développés, les schizoïdes réagissent avec sécheresse et dureté. L'accès aux sentiments leur est barré.

A cela s'ajoute le fait que pour un grand nombre de schizoïdes, le pouvoir réside dans le savoir. Ils veulent être bien informés et le sont généralement. Le savoir leur confère supériorité, puissance et considération. Ils ne cherchent pas à être aimés, mais considérés. Ayant souvent été négligés sur le plan émotionnel dans leur enfance, ils ont dû se débrouiller eux-mêmes et contrôler tôt leur vie.

Les schizoïdes ont beaucoup de mal à se représenter l'église primitive telle qu'elle est décrite dans le livre des Actes : « Ils persévéraient dans l'enseignement des apôtres, dans la communion fraternelle, dans la fraction du pain et dans les prières... Ils étaient dans le même lieu... et avaient tout en commun... » (Ac 2:42, 43). Le fait de vivre ensemble, de tout partager et de prier ensemble va à l'encontre des convictions profondes du schizoïde.

La *cupidité* de la personnalité schizoïde est intimement liée à son identité. Le savoir et l'avoir sont des moyens de s'affirmer. Même le conjoint et les enfants peuvent devenir des possessions. « Ils nous appartiennent », dira le schizoïde.

« Si l'avoir est la base même de mon sentiment d'identité, parce que je suis ce que j'ai, alors le désir de possession conduit à vouloir beaucoup, toujours plus, le plus possible. En d'autres mots, la cupidité est l'aboutissement naturel de la tendance à posséder. Il peut s'agir de la convoitise de l'avare, de celle du profiteur, du trousseur de jupons ou de la nymphomane. Quoi que ce soit qui déclenche sa convoitise, le schizoïde n'en aura jamais assez, il ne sera jamais satisfait. Contrairement aux appétits corporels comme la faim qui ont des limites physiologiques, la convoitise psychique — et toute convoitise est de nature psychique, même si elle trouve satisfaction dans le corps — reste insatiable. »[5]

Le psychanalyste Erich Fromm a bien analysé le mécanisme de la cupidité.

Jésus a sévèrement repris les cupides : « Gardez-vous avec soin de toute avarice; car la vie d'un homme ne dépend pas de ses biens, serait-il dans l'abondance » (Lc 12:15).

Le savoir et les possessions sont des assurances dans la vie. La structure schizoïde qui dans son enfance a été privée de sécurité et d'amour se cramponne à ces choses.

J'appelle « péchés choyés » les comportements favoris, spécifiques au type de personnalité en question, qui font du tort à soi-même et à ses semblables, et qui éloignent de Dieu. Dans le cas du schizoïde, on peut énumérer :

- le manque d'amour
- la domination
- la dureté
- le manque de respect
- la valorisation de soi (au détriment d'autrui)
- la cupidité
- l'exploitation d'autrui
- l'appât du pouvoir
- l'avarice
- le manque de cœur

Le musicien Ludwig van Beethoven

Le célèbre musicien et compositeur Ludwig van Beethoven était schizoïde. Ses œuvres remarquables sont un exemple de courage. Beethoven était presque sourd. S'il avait vécu à notre époque et s'il s'était rendu à une agence pour l'emploi, on lui aurait certainement conseillé de tout faire sauf de la musique et de la composition musicale. Que de morceaux admirables auraient été perdus pour l'humanité !

Beethoven avait près de 32 ans lorsqu'il comprit qu'il deviendrait sourd. Malgré ce coup du sort, il résolut de poursuivre sa carrière de musicien. Après avoir complètement perdu l'ouïe, dix-sept ans plus tard, il composa quelques-uns de ses chefs-d'œuvre, entre autres sa 9ème symphonie qui fut un triomphe. Il dirigea lui-même la première représentation et ne se rendit absolument pas compte des applaudissements qui saluaient son œuvre jusqu'au moment où l'un des solistes le fit se retourner; il vit alors le public enthousiaste qui l'acclamait debout. Le dernier mouvement de l'œuvre pour quatuor à cordes (Opus 135), qu'il écrivit un an avant sa mort survenue en 1827, porte le titre suivant : « Faut-il qu'il en soit ainsi ? Oui, il le faut ! » Dans ce mouvement, Beethoven triomphe de la peine et du chagrin, et exprime joyeusement sa confiance dans la vie.

Voici ce qu'écrit un de ses biographes : « Pour surmonter toutes les déceptions que Beethoven avait connues au contact des hommes et pour vaincre sa propre rancœur envers eux, il conçut en esprit un monde idéal fait d'amour et d'amitié... On perçoit sans doute mieux dans sa musique que dans celle de tout autre compositeur des accents agressifs qui évoquent l'énergie, l'insistance et la puissance. On peut facilement s'imaginer qu'il serait devenu la proie d'une psychose paranoïde s'il n'avait pas été en mesure de sublimer son hostilité par la musique. »[6]

1.8 L'aide thérapeutique et spirituelle

1. Considérons les forces et les faiblesses de cette personnalité

Il est indéniable que les schizoïdes possèdent de nombreuses qualités caractéristiques. Rectitude et fiabilité sont des valeurs importantes pour eux.

>Ils réagissent *sans tenir compte* du jugement porté sur eux,
>ils font preuve *d'indépendance et d'autonomie* dans leur travail,
>ils cultivent de *solides convictions*,
>ils aiment *avec constance*
>et sont des chrétiens *fidèles*.

Leur fiabilité fait d'eux des partenaires dont le comportement est prévisible dans le couple, au travail et dans l'église. Comme le schizoïde marche dans la droiture, qu'il n'est pas constamment ballotté et qu'il poursuit son chemin envers et contre tout, il se comporte souvent de façon intransigeante et intolérante vis-à-vis des autres. Il n'est pas une girouette et ne change pas d'avis comme de chemise. Il ne cherche pas à complaire. Il tient tête à son conjoint. Beaucoup de gens identifient cette attitude claire et objective à de l'entêtement. Il n'éprouve pas le besoin d'être aimé de tout le monde. C'est pourquoi il peut agir avec plus de détachement et de recul. Il ne court pas après les contacts. Il se lie moins facilement aux autres et leur parle moins facilement que quelqu'un ayant une structure de personnalité différente. Il n'est pas étonnant qu'il soit considéré comme un être distant et insensible. Celui qui connaît la raison de ce comportement et le comprend, celui-là respecte les caractéristiques de cette personnalité. En revanche, celui qui, au travail ou dans le couple, se bute contre un schizoïde, celui-là récolte le rejet et l'aversion.

2. *Tous les dons naturels sont entachés de péché*

Nous nous identifions volontiers à ce que nous maîtrisons bien. Nous justifions ce qui nous tient à cœur. C'est ainsi que nous considérons comme des dons de Dieu des comportements qui ne sont nullement vertueux.

De nombreux schizoïdes ont un penchant à l'activisme et au rendement;
- ils cherchent à mériter la considération d'autrui;
- ils n'ont pas la simplicité d'accepter les cadeaux;
- ils veulent se rendre indépendants par leurs propres forces.

Ils croient que la richesse, la puissance et le succès sont des signes de la bénédiction divine. Ils sont persuadés que Dieu récompense leurs efforts. Ils sont fiers d'être indépendants et de pouvoir appliquer la recommandation de Paul : « Ne devenez pas esclaves des hommes » (1 Co 7:23).

Les chrétiens à tendance schizoïde qui, consciemment ou non, construisent leur vie sur leur droiture et leur efficacité, réduisent la portée de la croix de Jésus-Christ. Ils reconnaissent intellectuellement leur penchant aux performances, mais cela ne les empêche généralement pas de s'investir corps et âme dans cette direction, et c'est bien là leur plus grande tentation. Ils ont besoin de se remémorer constamment les paroles du cantique : « Seigneur, je n'ai rien à t'offrir... »

3. *Que doivent-ils demander à Dieu?*

Qu'il les aide
- à ne pas côtoyer leurs semblables et en particulier leurs frères et sœurs dans la foi d'une manière aussi distante et inabordable;
- à ne pas entretenir la distance et à ne pas la prendre pour une vertu;
- à ne pas se cramponner à leurs biens et à ne pas systématiquement les considérer comme une bénédiction de Dieu;
- à ne pas se renfermer sur eux-mêmes et à ne pas déserter

l'église, par crainte d'être absorbés par le corps;
- à ne pas se servir de leur forte objectivité et de leur logique pour se comporter avec arrogance et présomption;
- à s'exprimer plus spontanément sans vouloir à tout prix donner d'eux-mêmes une image parfaite;
- à donner plus courageusement libre cours à leurs sentiments.

4. Les questions à se poser

- Les motivations telles que le travail, la performance, le succès et l'argent, auxquelles j'attache tant d'importance, sont-elles vraiment spirituelles ou tout simplement charnelles ?

- Ma valeur personnelle disparaît-elle si je ne parviens pas à m'imposer par mes performances, ma rectitude et ma justice ?

- A qui l'indépendance que je vante tellement nuit-elle le plus ? Est-elle vraiment dépourvue d'amour, ou bien est-ce une idée que les autres s'en font ? Se pourrait-il que derrière mon indépendance se cache un désir de domination et d'affirmation de soi ?

- Ma capacité à nouer des relations sociales est-elle limitée ? Comment justifier mon désir de solitude ? Les autres ont-ils tort de s'offusquer devant mon attitude ? Pour ne pas sacrifier ma liberté, dois-je vraiment m'abstenir de me lier affectivement ou de m'associer aux autres ?

- Y a-t-il des maladies qui affectent mes organes internes (estomac, intestins, circulation sanguine) ? Est-ce que je rumine mes problèmes ? Suis-je plus tenté de résoudre mes problèmes seul que de les partager ?

- Pourquoi ne suis-je pas disposé à ouvrir mon cœur et à laisser mes sentiments s'exprimer ? Est-ce par crainte d'être incompris ou par crainte d'être blessé ? Ai-je vraiment le désir d'être inaccessible et hermétique pour les autres ?

- Je reconnais que certains aspects de ma nature me causent des ennuis à moi-même et à mon entourage; de plus, je doute de leur caractère spirituel. Par lequel vais-je commencer, avec l'aide de Dieu, à transformer mon être ?

2. La personnalité dépressive

2.1 La structure de base

Nous sommes là en présence de personnes serviables, soucieuses et affectueuses qui se préoccupent avant tout du bien d'autrui. Ce sont des êtres chaleureux qui s'intéressent de près aux membres de la famille, de l'église, et à leurs collègues de travail. Dans l'ensemble, ils sont sociables, estimés de leur entourage et pris au sérieux, à condition toutefois que leur paternalisme ne dépasse pas certaines bornes. Ils sont généralement actifs dans l'église et dans les organisations caritatives. Ils s'adaptent facilement, font preuve de prudence et s'arrangent pour être disponibles en cas de nécessité. Ces traits de caractère se retrouvent aussi bien chez les hommes que chez les femmes.

Quelles sont leurs dispositions particulières qui frappent d'emblée ?
- Ils sont *pleins d'égards* envers autrui. En général, ils n'éprouvent aucune peine à prendre à cœur les besoins des autres.
- *L'harmonie* joue un grand rôle dans leurs relations avec leurs semblables. Leurs rapports avec leur prochain doivent être empreints de pondération et de paix.
- Ils sont *dépendants* et *recherchent la proximité* des autres. Ils fuient la solitude qui leur paraît la pire des choses.
- Ils *aiment le travail d'équipe* sur le plan professionnel, familial et ecclésial. Ils ne cherchent pas à dominer ou à imposer leur point de vue, mais préfèrent parvenir à un accord commun au sein de l'équipe.
- Au travail on peut leur faire confiance ; ils s'efforcent de plaire à leurs *supérieurs*. Ils ne contestent pas et sont *coopérants*.
- Ils aiment tisser des liens solides avec leurs amis et leur conjoint. Ils tiennent à des relations durables et se méfient des rencontres superficielles.
- Ils ne prennent généralement *pas de décisions tout seuls*, et demandent conseil auprès du conjoint, d'un ami ou d'un voisin.

De toute évidence, les relations sont la clé de voûte de cette structure de personnalité. Leur raison d'être et leur dignité dépendent fortement des personnes qui les entourent.

Les personnalités dépressives ne possèdent pas les qualités des meneurs.
> Elles cherchent à plaire,
> elles ont besoin de l'harmonie ambiante,
> elles ne veulent pas choquer,
> elles ont besoin de se sentir couvertes dans les décisions
>   qu'elles prennent.

Ces vertus sont louables, mais peu appréciées dans le monde des affaires. Un chef doit prendre des décisions rapides et s'imposer, ce qui ne convient pas à un tempérament dépressif. Celui-ci pèse trop longtemps le pour et le contre et a beaucoup de mal à se décider. Il ne veut léser personne, car il est trop soucieux de l'harmonie et de la paix avec autrui.

La personne dépressive est généralement *attentive*. Elle est touchée par les difficultés de son conjoint ou de ses enfants et pressent l'inquiétude, le malaise, la tristesse et les besoins de ceux qui l'entourent. Elle devine les désirs et y est attentive avant qu'ils ne soient exprimés. Elle veut être là pour les autres et se sacrifie pour eux. Elle est dotée d'une sensibilité enviable. Son attachement est bienfaisant aussi longtemps qu'il n'est pas envahissant.

Lorsqu'un dépressif est pris à partie, critiqué ou exposé à la colère, il perd facilement tous ses moyens. Il doute encore plus de lui-même. Il se culpabilise et s'accuse d'être responsable de la situation. Il a besoin de sécurité et d'intimité. Si ces aspirations sont satisfaites, il est en mesure d'accomplir de grandes choses et d'aimer passionnément.

Chez les personnalités dépressives, le *sentiment* joue un rôle majeur, alors que les schizoïdes sont surtout guidés par la raison. Tandis que les autres personnes projettent leur regard vers l'extérieur, le dépressif, lui, le dirige vers l'intérieur. Il examine tout méticuleusement et analyse chaque détail. Il prend à cœur tout ce qui peut le blesser. Et il jauge toutes choses à l'idéal qui correspond à ses convictions fondamentales.

Résumons les aspects positifs de la personnalité dépressive.
Le dépressif
- s'adapte facilement,
- sensible,
- idéaliste,
- aime le contact,
- est sentimental,
- heureux de se lier,
- plein d'égards,
- profond,
- fiable,
- est désintéressé,
- bon camarade de jeu,
- patient,
- se dévoue volontiers,
- simple,
- candide,
- attentif,
- expansif,
- soigneux.

Mais cette médaille a aussi son revers. La personnalité dépressive
- est dépendante,
- manque d'initiative,
- est désemparée,
- appréhende la vie,
- est perfectionniste,
- sensible (prend tout à cœur),
- ne parvient pas à se décider,
- se résigne facilement,
- s'accroche exagérément,
- idéalise trop,
- a peur de la séparation et de la perte.
- a tendance à l'amertume,
- ne parvient pas à s'imposer,
- craint la foule,
- se culpabilise;
- susceptible,
- pessimiste;
- cultive le masochisme,
- renonce à sa personnalité,
- est encline à ruminer,
- échafaude des projets chimériques,

2.2 L'enfance

Les personnalités dépressives ont souvent souffert d'un manque de sécurité et d'un milieu chaleureux dans leur enfance. Elles ont appris
  – à gagner l'amour d'autrui par leur *bonne conduite*,
  – à mériter les attentions par la *qualité de leur service*,
  – à conquérir les faveurs par leur *esprit de sacrifice*,
  – à forcer l'estime par leur *serviabilité*.

Les déceptions vécues dans leur prime jeunesse les ont rendues pessimistes et sceptiques. Elles avaient alors dû céder et aujourd'hui encore, elles s'inclinent facilement. Leurs mères étaient souvent des mères-poules qui surprotégeaient leur couvée, mais qui voulaient aussi que leurs enfants fassent appel à elles. L'amour maternel était donc à la fois dominateur et centralisateur. C'est ici le lieu de rappeler la parole de Goethe : « La femme domina en servant. »

Parce que ces enfants n'ont pas suffisamment connu l'amour et la chaleur émotionnelle, leur vie durant ils rechercheront l'affection et la tendresse. Le cas échéant, ils essaieront de mériter l'attachement, les attentions et les câlineries. Ils se démèneront pour être aimés et estimés. Leur bien-être dépend uniquement de leur environnement. Il suffit que les personnes qu'ils côtoient ne soient pas sympathiques, ne leur témoignent ni affection ni intérêt, pour que leur bonheur s'évanouisse.

En revanche, pour peu qu'on les sollicite, les natures dépressives s'épanouissent. Elles ne peuvent et ne veulent pas être inutiles. Enfants déjà, elles se rendaient utiles et offraient leurs services pour s'attirer un peu de louange et d'estime.

Voici, en quelques mots, la toile de fond des personnalités dépressives :

Les parents se caractérisent par la peur, la défensive, la désespérance ;
- ils affichent leur lassitude du monde, leur pessimisme, leur impuissance et leur désillusion ;
- ils font bien ressentir que le monde n'est pas leur patrie, ni un lieu de sécurité ;
- ils sont mécontents de la société, de l'injustice, d'eux-mêmes ;
- ils s'en prennent à leur destin, à Dieu, à leur conjoint, à leur vie ;
- ils professent une religion du déni ;
- ils donnent l'impression de se plaindre à tout propos et d'être sans cesse offensés.

L'enfant ne connaît pas la paix du cœur,
- ne réagit pas avec courage,
- n'exprime aucune joie,
- ne possède aucune espérance dynamique,
- reprend à son compte les récriminations de ses parents contre son propre sort,
- la peur lui fait dire systématiquement « non » à ce qui l'entoure.

2.3 Les professions préférées

Les dispositions qui apparaissent dès l'enfance et plus tard chez les personnalités dépressives se traduisent dans le choix de la profession.

Les métiers qui ont la faveur de ce type de tempérament sont ceux qui touchent au domaine social, les professions qui mettent en contact avec des gens :

métiers d'utilité publique	métiers médicaux et paramédicaux
éducateurs et éducatrices	gardes-malades
enseignants	conseillers
pasteurs	

Cette liste n'est pas exhaustive; elle peut s'allonger. On pourrait mettre en exergue à toutes ces professions : « Je vis pour servir ».

2.4 Le malade dépressif

Une *dépendance* et une *servilité* excessives, voilà ce qui caractérise les troubles de cette structure de personnalité.

Son pouvoir de décision est fortement atteint. Le tempérament dépressif éprouve constamment le besoin d'en référer à autrui. Il recherche à la fois une confirmation et une couverture. Il abandonne les choix au conjoint afin qu'il n'y ait pas la moindre ombre d'une mésentente qui se glisse entre eux.

Le drame d'une dépendance qui atteint de telles proportions, c'est que la plus petite initiative personnelle devient une source de préoccupation sans commune mesure avec l'importance de la décision. Une telle personne ne peut plus se trouver seule, encore moins vivre seule, car elle se sent désemparée et sans ressources devant la vie. On comprend que la mort du conjoint puisse la terrasser, au point qu'elle en perde le goût de vivre. La pensée de perdre son compagnon ou sa compagne l'effraie, parfois même la terrorise. Elle en rêve la nuit et y pense souvent le jour.

Le malade dépressif n'a plus aucune confiance en lui-même. Il sous-estime ses dons et ses aptitudes. Il se considère comme un bon à rien et doute de ses qualités. Il cherche volontiers refuge dans les bras d'une forte personnalité. Il est en quête de protection et de sécurité.

Découragé et mélancolique
Lorsque le sujet de tempérament dépressif est dans sa phase positive, il est plein de sollicitude et disposé à payer de sa personne. Mais s'il glisse vers un état dépressif,
– parce que ses nobles aspirations n'ont pas été satisfaites,
– parce qu'il a été déçu par son conjoint ou d'autres personnes de référence,
– parce qu'il n'a pas atteint ses idéaux,
des *symptômes dépressifs pathologiques* peuvent apparaître.

Sa joie de vivre disparaît subitement. Il perd tout intérêt à ses activités. Ses performances s'amoindrissent sensiblement. Il souffre de plus en plus de troubles du sommeil. La plupart de ces malades se plaignent de ne pas pouvoir s'endormir le soir, ou de se réveiller trop tôt le matin, ou, s'ils se réveillent la nuit, de ne pas pouvoir se rendormir. Leur énergie fond comme neige au soleil et une impression croissante d'insignifiance occupe leurs pensées et leurs sentiments. Dès qu'un conflit éclate, la personnalité dépressive qui est entrée dans une phase maladive se culpabilise fortement. Son pouvoir de concentration a disparu.

Ce type de malade est totalement découragé, se résigne, se sent désemparé et réagit misérablement. La perte de la joie de vivre s'accompagne souvent d'une perte d'appétit. Le patient maigrit.

Son sentiment de n'avoir aucune valeur est lié à son complexe d'infériorité, aux reproches qu'il s'adresse et à une culpabilisation exagérée. Le malade a la larme facile et se sent envahi de craintes indéfinissables.

Les maladies qui frappent plus volontiers le tempérament dépressif
L'idéal élevé et les attentes irréalistes qui sont caractéristiques de cette structure de personnalité conduisent facilement à des déceptions, car la barre étant placée trop haut, elle est rarement franchie. Les désillusions entraînent une amertume que certains chercheront à noyer dans l'alcool.

En effet, on constate fréquemment chez les personnes dépressives un penchant à l'alcoolisme ou à la toxicomanie. Comme l'a déclaré un jour Wilhelm Busch : « celui qui a des soucis se réfugie vite dans les liqueurs. »

C'est, pour le malade, un moyen
d'éluder ses difficultés,
d'oublier ses soucis,
d'atténuer ses déceptions.

La boulimie et l'anorexie sont aussi des maladies qui frappent souvent les personnalités de structure dépressive. Le fait de manger devient un moyen détourné de trouver une satisfaction. Il n'est pas rare de voir une nature dépressive compenser son inquiétude par une alimentation désordonnée.

Fritz Riemann élargit le champ des maladies auxquelles sont sujettes ces personnes. Il écrit :

« Les conflits des personnes à tendance dépressive s'extériorisent de préférence dans les troubles du système digestif qui symbolise en quelque sorte le désir d'accaparer, d'intégrer, de réclamer pour soi. Dans certaines situations conflictuelles, ces tempéraments en arrivent à des maladies psychosomatiques qui touchent la gorge, les amygdales, l'œsophage et l'estomac. L'obésité et l'anorexie peuvent être les conséquences psychosomatiques de ces conflits. »[1]

Les tendances suicidaires et les tentatives de suicide font également partie du schéma de la personnalité dépressive. Elles ont pour toile de fond la peur de perdre un être cher. Le tempérament dépressif fait à la limite du chantage auprès de son conjoint, de ses enfants ou de ses parents. A elle seule, la crainte que le ou la partenaire puisse l'abandonner suffit à faire naître l'idée du suicide. L'entourage immédiat vit dans l'appréhension de voir le dépressif mettre ses menaces à exécution.

« Si tu me quittes, la vie n'aura plus de sens pour moi ! »

« Si je me retrouve seul(e), je ne veux plus vivre. »

Le partenaire est donc contraint de demeurer auprès du dépressif et de partager sa vie. Aucun des quatre types de personnalité ne parvient mieux que le dépressif à culpabiliser son entourage proche.

Enumérons encore, sans entrer dans le détail, d'autres états maladifs qui sont caractéristiques des troubles du tempérament dépressif :
- le masochisme (satisfaction sexuelle en subissant des humiliations)
- la perte du moi
- la sujétion
- le délire de la jalousie
- les ruminations obsessionnelles
- le complexe du martyre
- la résignation.

Pour conclure cette section, je cite les critères diagnostiques de la personnalité dépendante, tels qu'ils sont indiqués dans le livre déjà mentionné :

« Mode général de comportement dépendant et soumis, apparaissant au début de l'âge adulte et présent dans des contextes divers, comme en témoignent au moins *cinq* des manifestations suivantes :
- (1) est incapable de prendre des décisions dans la vie de tous les jours sans être rassuré ou conseillé de manière excessive par autrui ;
- (2) laisse autrui prendre la plupart des décisions importantes le concernant, par exemple où habiter ou quel emploi prendre ;
- (3) se montre d'accord avec les gens, même quand il/elle pense qu'ils se trompent, par crainte d'être rejeté ;
- (4) a du mal à mettre en route des projets ou à entreprendre des choses seul(e) ;
- (5) se porte volontaire pour accomplir des choses désagréables ou dévalorisantes pour se faire aimer par les autres ;
- (6) se sent mal à l'aise ou impuissant quand il/elle est seul(e), ou déploie des efforts considérables pour éviter d'être seul(e) ;
- (7) se sent annihilé ou impuissant quand une relation proche s'interrompt ;
- (8) est fréquemment préoccupé par la crainte d'être abandonné ;

(9) est facilement blessé quand il est critiqué ou désapprouvé par autrui. »[2]

2.5 La foi

Le chrétien dépressif
- ❖ entretient avec Dieu une relation plus étroite, plus intime, plus dense que le chrétien schizoïde,
- ❖ recherche avant tout appui, sécurité et chaleur en Christ,
- ❖ éprouve davantage que le schizoïde le besoin d'échanger ses pensées dans le domaine de la foi,
- ❖ prie avec plus de sensibilité,
- ❖ voit en Christ un ami et un compagnon,
- ❖ se dévoue facilement, s'associe de tout cœur à la souffrance des autres, se sacrifie volontiers,
- ❖ rend témoignage plus spontanément,
- ❖ souffre davantage de l'injustice dans le monde,
- ❖ déplore l'impiété ambiante,
- ❖ éprouve plus vivement le sentiment de culpabilité,
- ❖ se reproche constamment ses anciens péchés pourtant pardonnés depuis longtemps,
- ❖ ressent plus fortement le besoin de dialogue, d'entretiens, de communion fraternelle et de relation d'aide que le schizoïde.

Les chrétiens dépressifs se fixent généralement des objectifs tellement élevés qu'ils ne peuvent pas les atteindre. Alors, devant leur échec, ils sont enclins à l'autocritique. Il n'existe pas de structure de personnalité qui souffre plus que la leur du sentiment de culpabilité. Ils n'hésitent pas à s'attaquer cruellement à leur propre image.

Je suis une *femme indigne*,
un *mauvais père*,
une *piètre cuisinière*,
un *amoureux très médiocre*,
un *chrétien bien imparfait*.

Leurs idéaux sont nettement au-dessus de la moyenne, et leur autocritique est, par voie de conséquence, beaucoup plus destructrice. Il n'est donc pas étonnant de rencontrer beaucoup de sceptiques et de pessimistes parmi les personnalités chrétiennes dépressives. Leurs pensées tournent constamment autour de leurs imperfections morales et spirituelles.

Ces chrétiens se reprochent de ne pas *aimer assez*,
de ne pas avoir *assez de foi*,
de ne pas *en faire assez*,
de ne pas *assez prier*.

De telles pensées les poussent à se retrancher dans leur chambre où ils sont capables de rester inertes, d'humeur dépressive, à ruminer leur perfectionnisme. Ils sont déçus d'eux-mêmes, des autres, du monde imparfait et même de Dieu qui n'est pas intervenu pour changer cet état de choses.

Beaucoup de chrétiens de cette nature finissent par devenir totalement dépendants. Contrairement au chrétien schizoïde qui poursuit son chemin avec Dieu en restant sûr de lui et indépendant, le chrétien dépressif se laisse aller à trop de dépendance.

Il s'efforce de ne *commettre aucune faute*,
il cherche à éviter *toute forme d'entêtement*,
il veut *suivre Christ sans réserve* et
obéir aveuglément à son Seigneur.

Que fait-il ? Il prie à longueur de journée et demeure en étroite communion avec le Seigneur. Mais il charge adroitement celui-ci de prendre toutes les décisions à sa place.

Au volant de sa voiture pour aller en ville, il est capable, avant de franchir le prochain croisement, de prier ainsi :

« Seigneur, si le feu passe au vert lorsque j'arriverai, j'y verrai une indication de ta part que je peux m'acheter le pull-over que je souhaite depuis longtemps. Si je dois m'arrêter au feu, je saurai que tu n'es pas d'accord. »

Cette forme de piété est une façon de compenser la faiblesse de son pouvoir de décision. La crainte de commettre un faux pas est subtilement camouflée en piété. La faiblesse apparaît comme une force, et une fragilité se mue en vertu.

Lorsqu'à la composante dépressive s'ajoute un élément compulsionnel, ce type de tempérament est alors enclin à remâcher sans cesse les mêmes idées. Dans un de ses livres, l'Américain Dale Carnegie déclare qu'une telle personnalité « scie de la sciure. » Le bois a été scié depuis longtemps, mais au lieu de secouer la sciure, le malade la rassemble et cherche très consciencieusement à la scier plus finement encore.

La structure de personnalité dépressive ressasse sans cesse les mêmes difficultés, et voit des problèmes là où il n'y en a pas. Comme au jeu d'échecs, le dépressif a besoin de prévoir plusieurs coups d'avance. Il est semblable à Thomas, l'incrédule, en quête de certitudes :

« Si je ne vois pas la marque des clous dans ses mains, si je ne mets pas mon doigt à la place des clous, et si je ne mets pas ma main dans son côté, je ne croirai pas » (Jn 20:25).

Une semaine plus tard, Jésus a une pensée toute particulière pour ce disciple qui bute encore intellectuellement contre l'obstacle de la résurrection et refuse de l'admettre :

« Porte ton doigt ici, vois mes mains ; avance ta main et mets-la dans mon côté. Ne sois donc pas incrédule, mais crois. Thomas lui répondit : Mon Seigneur et mon Dieu ! » (Jn 20:27,28).

Résumons les attitudes coupables les plus fréquentes dans lesquelles la personnalité dépressive se complaît :

- sentiment de supériorité morale
- dévouement excessif
- idéalisme
- confiance dans les œuvres méritoires
- amertume
- orgueil
- objectifs irréalistes
- fuite dans le rêve
- servilité et sujétion
- sainteté illusoire
- airs de martyr
- penchant à la critique
- souci démesuré
- doute

2.6 La personnalité dépressive dans ses relations

La personne qui présente cette structure s'épanouit dans un cadre de relations favorables. Elle donne, encourage, console et enrichit. Elle place les autres au centre. Pour elle, la dimension sociale prime le reste. Dans les relations générales comme dans la relation conjugale, voici ce qui caractérise ce type de tempérament :

- il sait comment *donner de l'amour*;
- il s'efforce d'être *tendre et de s'attacher*;
- il ne *vit que par le conjoint*;
- il crée une *ambiance chaleureuse et agréable*;
- si c'est une femme, elle abandonne volontiers les *décisions* à son mari;
- si c'est un homme, il jouit *d'être choyé*;
- il fait tout pour *plaire* à son prochain;
- il sait *offrir* avec beaucoup d'amour et de délicatesse;
- il devine et pressent ce dont ses proches *ont besoin*;
- de tous les types de tempéraments, c'est celui qui donne le *partenaire le plus attentif;*
- il veille soigneusement à ce que *l'ambiance demeure bonne*;
- quand les choses tournent mal pour ses proches, il s'en attribue la *responsabilité*;
- il *cherche à tout prix des relations étroites*;
- il accepte toutes les charges pour *faciliter l'harmonie et la paix*;
- il se tient volontiers en retrait pour se montrer *obligeant vis-à-vis des autres.*

Il pourrait prendre pour devise cette parole de Ruth : « Partout où tu iras, j'irai; où tu t'installeras, je m'installerai; ton peuple sera mon peuple et ton Dieu sera mon Dieu. Là où tu mourras, je mourrai aussi et j'y serai enterrée » (Ru. 1:16,17).

Cette déclaration d'amour de Ruth, quelque peu emphatique, résonne dans de nombreux cœurs de personnalités dépressives.

Mettons en lumière les aspects positifs et les aspects négatifs du tempérament dépressif dans la relation conjugale.

Ses bons côtés nous sont bien connus. La personnalité dépressive
- ramène tout au conjoint;
- a besoin qu'il soit proche, et elle-même se rend proche;
- est sensible et laisse ses sentiments s'exprimer;
- prend grand soin de sa famille;
- lit dans leurs pensées les désirs des principaux membres de son entourage;
- s'efface volontiers, par amour de l'autre;
- accepte de bonne grâce des responsabilités sans vouloir dominer pour autant;
- crée un climat harmonieux;
- son partenaire a toute sa confiance;
- interroge et consulte son partenaire à propos de toutes les décisions, banales ou importantes.

Les mauvais côtés, ceux qui posent problème lorsque l'équilibre est rompu, sont les suivants: Elle
- place son partenaire sur un piedestal, quitte un jour à l'en jeter s'il ne répond pas à ses attentes;
- ne se sent jamais assez proche et s'accroche exagérément;
- souhaite pouvoir tout faire avec son partenaire (désir de fusion);
- exerce un contrôle;
- tombe facilement sur un partenaire tyrannique qui l'exploite;
- a du mal à exprimer ses propres besoins et ne vit que pour autrui;
- se sent tendue dès que des difficultés assaillent le couple;
- prend très à cœur les critiques et les reproches du partenaire;
- se sent responsable de tout ce qui ne va pas, et sombre facilement dans la tristesse et la dépression;
- cherche toujours à contenter son partenaire;
- perçoit la mort, le divorce ou l'infidélité comme une vraie catastrophe;
- n'est pas difficile en amour, car elle essaie de faire plaisir à n'importe quel type de tempérament;
- est prévenante à l'excès et paralyse le partenaire;
- est prompte à la jalousie parce qu'elle veut posséder le partenaire pour elle toute seule.

La femme querelleuse
Dans la relation conjugale, les personnalités dépressives élèvent parfois le ton. Leurs conjoints disent souvent qu'elles sont acariâtres et qu'elles cherchent querelle. Or, ce n'est pas ce que veulent les personnes dépressives, car leurs objectifs sont autres. Ce qu'elles recherchent, c'est le contact, l'échange, le dialogue limpide. Elles sont en quête d'un écho.

Le partenaire dépressif trop dépendant nie toute hostilité de sa part. Peut-être même dira-t-il : « Si j'élève la voix, c'est parce que je t'aime ; j'ai besoin de toi. J'ai besoin de connaître ta réaction. Je veux savoir à quoi m'en tenir. » Il est en quelque sorte en manque de présence proche et d'amour, et son partenaire est plutôt de nature à se retrancher et à se barricader. La personnalité schizoïde, par exemple, doit apprendre le langage de l'amour. Le message de son partenaire, éventuellement bruyant, lui semble agressif, mais il traduit un désir de proximité, de tendresse et la nostalgie de l'échange.

Quand l'individu dépressif devient-il véhément et agressif ?
    Lorsque son partenaire ne l'écoute pas,
    lorsqu'il le laisse planté là,
    lorsqu'il ne prend pas position,
    lorsqu'il se tait.

A ce propos, un ouvrage américain porte un titre très suggestif : « Les querelles unissent. » La dispute est donc un appel à l'autre : « Ecoute-moi ! Regarde-moi ! Dis-moi ce que tu penses et ce que tu ressens ! »

La personnalité dépressive cherche souvent un partenaire fort, objectif et sérieux. Mais avec le temps, celui-ci se révèle *trop* objectif, *trop* distant et *trop* introverti. Le point d'attraction devient l'origine du conflit. Il est important que nous le sachions. Deux partenaires se complètent et s'enrichissent. Mais lorsque les attentes réciproques sont déçues, la situation commence à se gâter.

2.7 Les vrais motifs

Là où il y a de la lumière, se trouvent aussi des ombres. Les personnes qui se dévouent dans l'église, dans la famille et dans les œuvres caritatives sont très aimées. Elles communiquent à ceux en faveur desquels elles s'investissent une profonde impression de sécurité.

Mais elles peuvent aussi devenir des martyrs. Sans le vouloir, elles font naître chez leurs proches, en particulier chez leurs enfants, des sentiments de culpabilité. En effet, elles ont *tout* donné et *tout* fait; elles sont donc très déçues si leurs enfants et autres protégés n'apprécient pas à leur juste valeur ou n'honorent pas leur extrême dévouement. Elles se sentent frustrées au plus haut point si leur progéniture suit sa propre voie et rejette les sages conseils que la maman ou le papa très dévoués lui ont donnés.

Les gens qui se sacrifient ont une intuition sûre de ce dont les autres ont besoin; et ceux-ci comprennent vite qu'ils peuvent se laisser servir et dorloter. La conjugaison d'une personne prête à se dévouer corps et âme avec une autre qui ne demande qu'à en tirer profit aboutit souvent à des contacts riches en étincelles. L'une donne et se sacrifie, l'autre exploite et se laisse gâter et choyer.

Les gens qui se dévouent procurent des satisfactions sans rien prendre ni rien accepter en retour. La notion de jouissance leur est même étrangère. Ils trouvent leur plaisir à offrir et à faire du bien. Ils bondissent lorsque les autres restent assis, et courent lorsque personne ne veut remuer le petit doigt. Chaque fois qu'ils le peuvent, ils déclinent les offres, choisissent la plus petite part de gâteau, s'asseyent sur la chaise la moins confortable, restent debout ou se tiennent modestement en retrait. Ils sont toujours en souci du bonheur des autres. Ils pensent aux autres et se chargent des problèmes qui accablent leurs proches.

Il n'est pas étonnant que ces personnes sombrent facilement dans la dépression si le partenaire ou les enfants omettent de leur dire merci. Certes, leur vie n'est que service et don de soi. Encore faut-il que les services rendus soient perçus et *honorés*. (De nombreuses personnes ayant une structure de personnalité dépressive s'imaginent ne pas avoir besoin de la reconnaissance et pouvoir se passer des remerciements. En général, elles se trompent et finissent par déprimer.)

Ole Hallesby caractérise le tempérament mélancolique déçu de la façon suivante :

« La vie quotidienne lui paraît trop insipide et bien en-deçà de son idéal. Son imagination lui dépeint une profession ou une œuvre qui correspond à ses mesures. Il ne l'envisage pas du tout comme un moyen de bien gagner sa vie. Au contraire, son métier doit être un service qui exige le plus total sacrifice et renoncement à soi. Alors il est assuré d'avoir fait le bon choix. Il s'attelle à son œuvre avec sérieux, avec solennité et non sans un certain dynamisme, et expérimente la plus grande déception. »[3]

A quoi cela tient-il ?

Le dépressif
    recherche un travail idéal,
    veut rendre les autres parfaitement heureux,
    est prêt à donner jusqu'à sa dernière chemise,
    souhaite être là pour autrui.

Il vise humainement et spirituellement au-delà du but normal. Son idéalisme lui joue des tours. La barre est placée trop haut et la déception est prévisible. Pendant un certain temps, il souffre de l'imperfection du monde et de l'ingratitude de ses semblables, puis il reprend un nouvel élan idéaliste.

De constants sentiments de culpabilité l'accompagnent : de ne pas avoir été assez bon, de ne pas avoir assez fait, de ne pas s'être assez donné.

Prenons un exemple pour illustrer.

Madame Wiechert est dévouée et désintéressée.
Agée de 37 ans, elle est mariée depuis 12 ans et mère de deux enfants. « Il y a longtemps que j'aurais dû venir vous consulter, confie-t-elle lors du premier entretien. Mais je ne voulais pas accabler d'autres personnes avec mes conflits intérieurs. J'ai constamment demandé à Dieu de me rendre patiente et capable de supporter ce qu'il m'avait confié. Aujourd'hui, je suis vide, au bout du rouleau. Mon amour a tari, je me suis épuisée. »

Madame Wiechert raconte comment elle a grandi et comment elle s'était fixé comme but suprême de rendre les gens heureux, en particulier son futur conjoint. « J'ai fermement cru que le bonheur résidait dans le don continuel de soi. Croyez-moi, je me suis donnée sans mesure à mes enfants, à mes parents, à l'église et à mon mari.

— Que croyez-vous avoir mal fait ?

— Je ne sais pas, mais il est certain que j'ai mal agi quelque part. Je me sens toujours vidée. Je n'en peux plus. Je n'ai quasiment plus la force de donner.

— Vous dites que vous vous êtes consumée pour les autres. Qu'avez-vous reçu en retour ?

— Je ne voulais rien, simplement être là pour eux. Cela a suffi à mon bonheur pendant des années.

— Et ensuite ?

— Pour être franche, et j'en ai honte, je dois confesser que j'ai l'impression d'avoir été exploitée. J'avais le droit de tout faire ; j'étais devenue la plus accomplie des ménagères. Chacun attendait quelque chose de moi, en particulier mon mari. J'ai donné, mais peu à peu mon capital s'est amenuisé. Aujourd'hui, je suis totalement désemparée. »

En quoi madame Wiechert a-t-elle mal agi ?

Pendant des années, elle a ravalé sans sourciller toutes ses insatisfactions.

Beaucoup de braves chrétiens commettent l'erreur de *nier* les fautes, les soucis, les difficultés et les conflits. Cette attitude repose sur de faux présupposés :

- les chrétiens sont toujours fermes ;
- ils font toujours preuve de patience ;
- ils portent leurs fardeaux sans gémir ;
- ils ne se plaignent jamais ;
- ils montrent un visage souriant, même quand intérieurement tout se lézarde et s'écroule.

Sachons-le : ce que nous ingurgitons sans l'avoir mâché, autrement dit ce que nous accumulons sans l'avoir traité, ne reste pas inactif en nous ; ce qui est enfoui fermente et rend malade.

Elle s'est méprise sur une vérité centrale de la Bible.
Madame Wiechert est partie du principe que le bonheur consistait à se donner unilatéralement pour les autres. C'est faux. Bien sûr, c'est merveilleux de pouvoir se dépenser pour autrui. Etre prêt au sacrifice est une vertu chrétienne. Mais cela ne doit pas rester à sens unique. Chaque être humain attend un écho à ce qu'il fait. L'âme ne doit pas se vider. Aucune voiture ne peut rouler avec un réservoir à sec. Faire le plein est un impératif pour tout chauffeur; veiller à ce que son âme ne s'épuise pas est un impératif pour tout chrétien. Offrir de l'amour et en recevoir en retour vont de pair.

Elle est tombée inconsciemment dans le piège du sacrifice égoïste.
Qu'y a-t-il derrière la disposition au dévouement et au sacrifice ? L'amour a plusieurs visages. Et ses mobiles sont divers. Un amour sacrificiel n'est pas forcément à l'abri d'une forte dose d'égoïsme. Celui qui aime peut le faire *pour être accepté, supporté ou aimé* en retour. Il se consume dans le but inconscient *de trouver sécurité, tendresse, aide et chaleur*. L'amour totalement désintéressé n'existe pas parmi les hommes. Seul Christ l'a possédé et manifesté. De ce point de vue, nous serons toujours en deçà de sa mesure. Le conjoint se donne *pour être aimé*. Il fait tout en vue *d'obtenir soutien et considération*. Au fond, il a une mauvaise appréciation de lui-même. Il n'a pas confiance en lui, il se mésestime et s'offre donc pour compenser son sentiment d'indignité. Madame Wiechert n'était finalement pas honnête avec elle-même. Elle croyait être une épouse vertueuse et une bonne chrétienne parce qu'elle se dévouait entièrement. Elle n'attendait rien en retour, et c'était là son erreur. Elle commença par refuser toute aide pour paraître « plus chrétienne »; à la longue, les autres s'étaient tellement habitués à son comportement qu'ils n'avaient plus qu'à lui signifier leurs désirs. En fin de compte, elle se sentit *exploitée et vidée*. Elle était amèrement déçue de ce que son mari n'ait pas mieux récompensé son amour et le don de sa personne.

Le sacrifice consenti par Madame Wiechert prend donc un autre visage. Aimer autrui en se consumant comme elle l'a fait, n'a pas grand-chose à voir avec le véritable altruisme.

Beaucoup de gens dépressifs sont motivés par un orgueil caché. Ils sont tellement prêts à se donner, ils piétinent si rudement leur moi et renoncent si ostensiblement à des avantages légitimes, qu'ils *humilient* de nombreux proches et frères dans la foi. Inconsciemment, ils font preuve d'un pharisaïsme désagréable.

    Ils s'érigent contre les *égoïstes*,
    s'indignent devant les *indifférents*,
    couvrent de honte les *tièdes*,
    tempêtent contre leurs *compagnons de route*.

Ils donnent effectivement tout ce qu'ils peuvent, et ils en sont *fiers*. Leurs pensées, leurs sentiments et leurs plans sont marqués du sceau du mérite. Depuis leur plus tendre enfance, ils ont appris à servir, à donner et à se sacrifier afin de gagner leur place dans la famille et dans l'église. On les apprécie parce qu'ils sont toujours là lorsqu'on a besoin d'eux. Ils deviennent très rapidement indispensables, ce qui accroît le sentiment de leur importance.

Don et péché sont étroitement associés
Les aspects positifs de la personnalité dépressive se retrouvent également dans ses aspects négatifs. La promptitude à servir et à se sacrifier est hautement valorisée. Christ nous appelle effectivement à *servir* et non à *dominer*. Nous devons en premier lieu donner et non prendre. « Il vaut mieux donner que recevoir. » Mais nous devons cependant garder une vue d'ensemble sur la question. Richard Rohr souligne pertinemment les deux aspects du problème lorsqu'il écrit :

    « Dans ce sens, ce sont justement nos dons qui font notre malheur. Nous nous identifions trop à ce que nous pouvons faire... Chaque don auquel nous attachons une importance démesurée devient paradoxalement péché. Notre don et notre péché sont les deux faces de la même médaille... »[4]

Méfions-nous : dans les dons que Dieu nous accorde se tapit le péché. L'abnégation est un merveilleux don du Seigneur, mais en l'utilisant mal,
    nous pouvons *décourager* les autres,
    démobiliser conjoint et enfants,

priver notre entourage de sa *capacité de décision*,
porter *préjudice* à la serviabilité d'autrui.

Un dévouement excessif transforme les autres en *victimes*. « Là où il y a des sauveurs, il y a aussi des victimes » faisait remarquer quelqu'un avec beaucoup d'à-propos. Les gens prêts à se sacrifier exploitent la situation des faibles et des désemparés. Ils freinent leurs initiatives personnelles et les incitent à la passivité.

Il se révèle que pareille abnégation engendre la *critique*. Les enfants, le conjoint et les chrétiens de l'assemblée sont toujours en deçà des exigences bibliques que le dépressif, lui, essaie de satisfaire de son mieux. Il fait tout son possible et s'attend à ce que les autres agissent de même. S'ils n'y parviennent pas, il éprouvera souvent le besoin de les critiquer ouvertement ou en cachette. Au fond de lui-même, il ne voudrait pas le faire, mais l'orgueil s'est introduit en lui comme un virus dangereux.

Richard Rohr est persuadé que la fierté est le péché fondamental de la personnalité dépressive. « La fierté est l'expression d'un Moi plein de suffisance, d'un ego inflationniste. La haute idée que l'on se fait de soi peut revêtir des caractéristiques messianiques : « Mon amour est plus grand que le vôtre ; il sauvera le monde. Je *ferai* en sorte que mon amour vous sauve… L'orgueil rend difficile une approche honnête de soi-même et de Dieu. Les tempéraments dépressifs ont plus de mal que les autres à reconnaître vraiment leurs péchés. Les confesser équivaudrait à admettre l'existence de leur orgueil. »[5]

2.8 L'aide thérapeutique et spirituelle

1. D'abord mettre en évidence le souci de secourir et l'abnégation

Les femmes et les hommes qui présentent les caractéristiques de cette personnalité accordent la priorité au service, à l'aide et au dévouement. Cette disposition est hautement appréciée dans le couple, dans la famille et dans l'église.

Ils vivent *pour* les autres,
pensent *pour* eux,
et se dépensent *pour* eux.

Leur devise chrétienne semble être : « Sauvé pour sauver. »

Cet article de foi et la vie qui en découle sont les traits caractéristiques d'un membre d'église vivant.

2. *Les ambitions personnelles et leurs conséquences*

Les personnes ayant une structure dépressive souffrent souvent davantage que les autres. A quoi cela tient-il ?

La structure serait-elle en soi plus négative et plus malheureuse ? Non. Mais les tempéraments dépressifs vont plus au fond des choses que les autres tempéraments.

> Ils ont des *prétentions plus élevées* que la moyenne pour eux et pour les autres,
> dans de nombreux domaines, ils éprouvent *plus de fierté*,
> ils *dépendent davantage* de l'opinion de leur entourage,
> ils mesurent leur valeur à leur *abnégation* en faveur d'autrui,
> ils sont donc plus facilement *exploités*.

Ils deviennent assez facilement des martyrs puisque leur valeur intrinsèque est mesurée au don total de leur personne. Ce surpassement aboutit rapidement à un surmenage et il place la personnalité sous tension. La prétention spirituelle et morale minimise sans s'en rendre compte la mort expiatoire de Christ.

3. *Que doivent donc reconsidérer ces personnes sur le plan humain et sur le plan spirituel ?*

Elles doivent apprendre à se rendre plus indépendantes dans leurs relations personnelles. Il est important qu'elles découvrent seules leurs propres besoins et qu'elles vivent pour elles-mêmes. Elles feraient bien de mettre en pratique le commandement biblique : « Tu aimeras ton prochain *comme toi-même.* » L'entrée dans le ciel n'est garantie ni par les bonnes œuvres ni par les efforts pour se rendre parfait, mais par l'amour et la bonté de Dieu qui accepte l'être humain tel qu'il est.

4. *Questions à se poser*

– Est-ce que je me découvre comme une personne prompte à venir au secours d'autrui ? Quels sont mes points forts et mes points faibles ? Suis-je capable d'accepter mes aspects positifs comme des dons de Dieu, et de nommer mes faiblesses par leur nom ?

– Se peut-il que je suscite chez les personnes de mon entourage désespoir, impuissance, dépendance et démoralisation ? Y a-t-il des amis, des frères et des sœurs de l'assemblée qui ont attiré mon attention sur les conséquences regrettables de mon aide pourtant bien intentionnée ?

– Ai-je parfois réagi par la colère ou par une irritation intérieure, parce que j'ai estimé que mes bonnes dispositions à l'égard d'autrui avaient été mal comprises, acceptées distraitement ou même refusées ? Ce manque de considération des autres me fait-il souffrir ?

– M'arrive-t-il souvent de ressentir envers les autres une responsabilité plus lourde, qui me prive de calme intérieur et de repos physique ? Se peut-il que cette promptitude à me préoccuper d'autrui me pousse à la limite de mes forces ?

– Se peut-il que derrière mes dispositions à secourir et à me sacrifier se dissimule la prétention morale inavouée d'être plus fervent et plus dévoué que de nombreux chrétiens ?

– Me suis-je déjà dit qu'il valait mieux cesser de me dévouer parce que les autres n'étaient pas dignes d'une telle abnégation de ma part ? Leur comportement m'a-t-il attristé et rendu amer ? Suis-je spirituellement affecté ou blessé dans mon orgueil ?

– Suis-je enclin à ne pas vouloir prendre des décisions ? Puis-je indiquer clairement les raisons qui me poussent à ne pas vouloir trancher ? Est-ce que je cherche à être *irréprochable*? Ai-je le désir de responsabiliser les autres (conjoint, parents, supérieurs) ? Est-ce que je préfère de beaucoup ne pas contredire mes proches ou les personnes de qui je dépends, quitte à renoncer à imposer ma volonté ?

– Le fait de manger des bonbons ou de faire du lèche-vitrines pour mon plaisir personnel me procure-t-il de la satisfaction ?

– M'est-il difficile de dire non ?

– Faut-il que je sois toujours au service de quelqu'un ?

– Je reconnais que je dois remettre en question certains comportements qui me font du tort et irritent mon entourage. Avec l'aide de Dieu, je m'engage à les modifier. Par quoi vais-je commencer ?

3. La personnalité compulsive

3.1 La structure de base

Les personnes compulsives sont des personnes *ordonnées*. Elles aiment tout ce qui est structuré, droit et réglé. Leur vie est gouvernée par des principes. Elles prennent leurs précautions avant d'agir. Tout doit être vérifié, calculé, mesuré, contrôlé et assuré. On comprend pourquoi les natures compulsives sont généralement réservées et méfiantes à l'égard des sentiments, des passions et des émotions spontanées. Elles cherchent à maîtriser le cours de la vie et à tenir leur destinée bien en main. Elles fuient donc logiquement tout ce qui manque de pondération et de clarté. Elles n'ont qu'une devise : l'ordre. Le perfectionnisme et les scrupules priment tout.

Ce type de personnalité a des qualités évidentes :
   il est *prudent* et *consciencieux*,
   il fait preuve de *réalisme*,
   il émet des jugements *équilibrés*,
   il s'efforce d'être toujours *juste* et *objectif*,
   il suit des *normes morales* très élevées,
   il cherche à être un *modèle* en privé comme en public,
   il accorde beaucoup de poids à *l'intégrité* personnelle,
   il prend la défense de *tout ce qui est bien*,
   il se montre *droit* et *constant*, en particulier dans son métier,
   il déteste le gaspillage et vit *chichement*,
   il est *ponctuel*, *grave* et *sérieux*,
   il fuit la superficialité.

Le type de tempérament compulsif attache une grande importance à la tâche qui lui est assignée. D'ailleurs, ses caractéristiques ont un lien évident avec sa profession. Son capital le plus précieux, c'est un travail de qualité.

Les personnes compulsives font des efforts, évitent de bâcler, ne supportent aucune imprécision et restent motivées jusqu'à la dernière minute. Personne n'a besoin de les pousser ou de les contrôler, et elles tiennent à être irréprochables. Les employeurs apprécient ce genre de personnel.

Comme cette structure de personnalité aspire à ce que sa vie et son œuvre soient *parfaites et impeccables*, elle a besoin d'une forte autorité au-dessus d'elle. Elle aime s'abriter derrière son chef, son conjoint ou son pasteur. Elle est consciente de son devoir, fidèle et loyale, mais elle se décharge volontiers de l'ultime responsabilité. Cela tient au fait qu'elle ne veut *commettre aucune erreur*, qu'elle a *besoin d'assurance et d'appui*, et *craint de pâtir de sa décision.*

C'est pourquoi, les personnalités compulsives n'ont généralement pas une nature de chef ou de meneur. Leur capacité de décision est limitée. Elles réfléchissent trop longtemps et trop méticuleusement, et ont tendance à accentuer les détails. De plus, elles manquent d'audace. Elles ne sont pas prêtes à prendre des risques, elles ont besoin de chercher des appuis partout et font elles-mêmes obstacle à des décisions rapides et tranchées.

En revanche, ces tempéraments font d'excellents « seconds ». Ce sont eux les plus aptes à être adjoints ou assistants. Le chef peut se fier à eux. Ils travaillent consciencieusement, suivent à la lettre les directives reçues, se préoccupent des détails et sont indéfectiblement loyaux.

Quand ils se voient investis d'un rôle de chef, ils échouent souvent, *moins par incapacité que par crainte de ne pas être à la hauteur des exigences.* Les responsabilités leur pèsent physiquement et mentalement. Ils sont alors victimes de maladies psychosomatiques, parce qu'ils ne peuvent supporter la responsabilité finale d'une décision avec le risque d'erreur qui lui est propre.

Résumons les traits caractéristiques de la personnalité compulsive. Elle est

- consciente de son devoir
- persévérante
- fidèle
- respectueuse des traditions
- économe
- solide
- consciencieuse
- droite
- ambitieuse

- stable
- correcte
- consciente de ses responsabilités
- passionnée d'ordre et de propreté
- déférente
- logique
- morale
- fiable

Mais l'individu compulsif a aussi ses mauvais côtés. Il est
- pédant
- à cheval sur les principes
- pharisien
- tyrannique
- esclave du devoir
- enragé de propreté
- rigide
- propre juste
- scrupuleux à l'excès
- fanatique
- impitoyable
- ultra-légaliste
- sans nuances dans ses jugements
- à cheval sur la sécurité
- trop compassé et maître de lui

La personnalité compulsive
> a peur du nouveau
> de l'éphémère,
> du risque;
> elle fait « ce qui se fait ».

3.2 L'enfance

Cette personnalité est marquée par une éducation stricte et moralisatrice. Les parents, ou l'un des deux, avaient peut-être des ambitions et des exigences démesurées; ils se sont montrés intransigeants, ont souvent brandi la menace de l'enfer et puni très sévèrement les plus petites fautes et les moindres négligences.

Ainsi, très tôt, l'enfant a appris à craindre la condamnation, à se comporter d'une manière irréprochable, à se maîtriser, à refouler ses sentiments et à se conduire d'une manière correcte et consciencieuse. (Les freudiens parlent de tempérament anal qui se caractérise par l'économie, l'ordre et l'avarice.) Voici le genre de principes qui se grave rapidement dans l'esprit des personnes compulsives :

> « Obéis si tu veux être aimé. »
> « Tu n'as de valeur que si tu es consciencieux et irréprochable. »
> « Je ne t'aime que si tu te montres plus raisonnable et plus sage que les autres enfants. »

La peur de la faute, la peur de la culpabilité et la peur de la négligence sont profondément ancrées dans la conscience du compulsif, au point qu'il se sent toujours pris en défaut. Mais en même temps il est irrité contre ses parents qui lui ont communiqué un tel idéal de perfection. On perçoit nettement ce conflit qui joue un grand rôle dans les déséquilibres de la personnalité compulsive.

Voici, en quelques mots, comment se forme la personnalité compulsive:

Les parents se soumettent scrupuleusement à des lois, des règles, des obligations et des interdictions,
> décrètent les normes du bien absolu,
> se moulent dans la masse,
> vivent de préceptes et ne jouissent pas de la liberté,
> considèrent l'ordre dans le monde comme important,
> se cramponnent à des appuis qu'ils se sont fabriqués eux-mêmes,
> dépendent fortement de l'inspiration verbale,
> entretiennent des représentations piétistes de la foi,
> nourrissent des ambitions élevées.

L'enfant évolue dans un univers ordonné, structuré par des ordres et des interdictions,
> a peu d'occasions de connaître liberté et spontanéité,
> cache de grandes peurs derrière son assurance,
> commence à se construire des appuis de sécurité (compulsions, normes),
> trouve son identité dans le respect des lois, des structures, des normes et des traditions.

3.3 Les professions préférées

Les métiers de prédilection des personnalités compulsives font évidemment intervenir les caractéristiques de ce tempérament. Mentionnons entre autres :

---

fonctionnaire	statisticien
juriste	informaticien
ingénieur	femme de ménage
employé de bureau des méthodes	contrôleur
comptable	juge
correcteur	chimiste, etc.

Les personnes compulsives aiment les activités qui exigent précision, propreté et ordre, les tâches clairement définies dans leur fond et dans leur forme, bref, ce qui est parfait.

3.4 Le malade compulsif

Nous avons vu que le vécu de l'enfance conditionne fortement chaque personnalité. Les interactions au sein de la famille façonnent le caractère de l'enfant. Sur cette toile de fond se développe la conscience individuelle de chacun, qui reflétera la perception personnelle que l'individu a de la faute et du sentiment de culpabilité. Le vécu existentiel colore le sentiment de culpabilité de différentes manières.

Une conscience aiguisée et vigilante est une bonne chose, mais lorsqu'elle est hyperaiguë et hypersensible, elle traduit un état pathologique. Ce qui caractérise le névrosé, c'est en partie l'hypersensibilité de sa conscience. Le moindre détail est soumis à critique. Des faits qui n'ont rien à voir avec le péché sont estampillés « péché ». Les omissions font l'objet des plus sévères reproches. Le regret frôle la mortification.

Quelle est la raison inconsciente de ce comportement ?

Ces personnes en quête d'aide observent au microscope les plus petites fautes et les moindres particules de péché. ... Plus ils sont durs envers eux-mêmes, plus ils seront enclins à condamner les autres. Plus ils sont irréprochables, plus ils éprouveront le besoin de faire la morale à leurs semblables.

Cet état est particulièrement flagrant chez le névrosé obsessionnel. Voici un jeune homme de vingt ans qui souffre des morsures de sa conscience et d'un sentiment de culpabilité accablant. Il a été consciencieusement élevé par une mère profondément croyante et très stricte. A l'âge de six ans, elle l'avait surpris en train de ramener à la maison une petite auto de l'école maternelle. Elle ne l'avait pas corrigé pour cette indélicatesse, mais elle avait pleuré devant lui, se lamentant sans retenue à cause du vol commis par son petit garçon. Pendant les jours qui suivirent, la maman, qui voulait que le bambin prenne conscience de l'aspect répréhensible de son acte, le priva du baiser habituel avant le coucher. Le jeune homme ne parvient pas à oublier l'extrême tristesse que son acte inconsidéré a causé à sa mère et se souvient des moindres détails de cette histoire.

Après la confirmation, le garçon est de plus en plus assailli par des sentiments de culpabilité que sa nature anxieuse entretient. Par inadvertance, il a indiqué une fausse direction à un vieux monsieur, et pendant plusieurs jours, il n'a plus trouvé le sommeil, torturé par ce qu'il considérait comme un acte ignoble et coupable. Lorsque, exceptionnellement, il est arrivé en retard à l'école, il s'est excusé par trois fois auprès de l'instituteur, en lui disant combien il regrettait et en lui promettant de ne plus jamais recommencer. Pendant l'heure d'instruction religieuse, il est assis contrit à sa table d'écolier et médite sur ses fautes. Chez le boulanger, par distraction, il avait payé le pain avec de la monnaie étrangère; le commerçant, outré, avait rejeté brutalement les pièces d'argent sur le comptoir. L'infortuné garçon lui avait alors écrit une lettre d'excuses, avait confessé sa faute à ses parents, à l'instituteur et au pasteur et se sentait très malheureux. Il pourrait raconter quantité d'histoires de ce genre; elles dénotent toutes une conscience hypersensible.

Quel but le jeune homme poursuit-il avec ses remords exagérés et ses sentiments de culpabilité élevés au paroxysme ? Le fils cherche à devenir plus consciencieux que sa mère éprise de pieté. Il se fait des reproches à propos de choses que les autres sont loin de concevoir comme des fautes ou des péchés. Il est plus critique vis-à-vis de lui-même que la majorité des gens et se veut plus dévot que sa mère. En s'abreuvant constamment de reproches, et en le faisant au vu et au su des siens et des étrangers, il s'attribue un rôle particulier et s'attire l'attention et la considération de son entourage.

Tout sentiment de culpabilité présuppose une faute préalable, aussi insignifiante soit-elle à nos yeux. Les personnes qui au dire de leur entourage sont totalement innocentes, mais qui souffrent terriblement du sentiment de culpabilité, sont énigmatiques et désarmantes pour les profanes en psychologie. De quelle maladie sont-elles atteintes ?

Le névrosé obsessionnel s'accable de reproches, il se tient pour responsable du malheur de sa famille, des difficultés économiques et de la décadence morale de ses proches. Il s'attribue la responsabilité des catastrophes naturelles et des bouleversements politiques. Du moins, il croit en être responsable.

Il y a le scrupuleux chez qui l'imagination transforme un caillou en rocher. D'un moucheron, il fait un éléphant. Il exagère tout et voit un brigand derrière chaque buisson. L'homme bourré de scrupules est un être particulièrement appréhensif qui veille avec une méticulosité extrême sur sa morale et ses mœurs. Il subodore des péchés partout, qu'ils soient insignifiants ou notoires. Il vit constamment dans le sentiment d'être «pesé et trouvé trop léger». Il perçoit Dieu davantage comme un comptable intransigeant que comme un Sauveur compatissant. Sa vie n'est pas entre les mains d'un Père bon et miséricordieux, mais entre celles d'un Juge impitoyable. Nous mettons ici le doigt sur l'erreur fondamentale du scrupuleux: il vit dans l'espoir trompeur de pouvoir «gagner» son salut en observant rigoureusement un ensemble de préceptes. Il confesse ses fautes souvent d'une manière très vague. Il se sent malheureux. S'il parle de ses péchés, c'est moins pour obtenir le pardon que dans l'espoir magique d'éviter les sanctions qu'ils attireront sur lui. Au fond de lui-même, il ne croit pas réellement au pardon, puisqu'il revient sans cesse sur les mêmes péchés alors qu'il a déjà obtenu l'absolution. Il veut obtenir le salut par son légalisme, par son observation tatillonne des commandements et par ses auto-accusations.

Ces symptômes de névrose obsessionnelle sont en même temps pour le malade un moyen de se protéger contre les dangers effrayants qui assombrissent son horizon.

Le malade cherche à *repousser* tout ce qui menace son existence,
    à *parer* les catastrophes éventuelles,
    à *contenir* l'impondérable.

Il éprouve le besoin de maîtriser les choses les plus réfractaires. Il est prisonnier de son combat défensif. C'est pourquoi, il prie rarement: «Que ton règne vienne!». Le règne de Dieu implique une domination qui lui paraît inquiétante et déconcertante. Et il lui est difficile de renoncer à sa propre domination.

Plus le névrosé obsessionnel lutte, plus les pensées et les puissances contre lesquelles il combat acquièrent une existence propre. Le malade psychiquement déséquilibré perçoit telle ou telle pensée comme une puissance étrangère à lui et imagine finalement être possédé d'un démon. Ces pensées le contraignent, le tourmentent, le tyrannisent. Plus il fait la guerre aux « mauvaises » pensées, quelles qu'elles soient, plus il doit consacrer du temps pour les chasser. C'est pourquoi le névrosé obsessionnel pratique souvent une sorte de conjuration pour se protéger de telles pensées.

Sa résistance consiste à se saisir d'un verset approprié,
à faire monter vers Dieu une prière courte et fervente,
à prononcer une formule spirituelle,
à demander ou à pratiquer l'imposition des mains;
cette résistance peut plonger le malade dans une forme
grave d'auto-châtiment.

Le sentiment d'être possédé de démons

Comme dit précédemment, cette impression surgit souvent dans le cas de la névrose obsessionnelle. Mais un examen attentif montre clairement que la plupart du temps, il n'y a ni possession démoniaque ni tare due à l'occultisme.

Comment expliquer ces troubles ?
Le névrosé obsessionnel tient à exercer un contrôle absolu sur
ses paroles, ses pensées et ses actions,
sa vie et sur l'existence en général,
sur ses divers sentiments, ses passions et ses appétits,
les désirs et les péchés incontrôlés qui viennent des profondeurs de son cœur.

On constate que c'est le chrétien zélé, qui prend très à cœur la question du péché, des mauvaises pensées et des appétits illicites tapis au fond de son cœur, qui cherche par tous les moyens à les extirper de leur tanière. Il combat honnêtement et sincèrement l'impureté qui l'assaille. Ces paroles de Jésus sont une véritable écharde dans sa chair :

« Car c'est du cœur que proviennent les mauvaises pensées qui mènent au meurtre, à l'adultère, à l'immoralité, au vol, aux faux témoignages, aux calomnies, aux blasphèmes. Voilà ce qui rend l'homme impur » (Mt 15:19-20).

Pour comble de malheur, la personnalité compulsive découvre que la lutte contre la convoitise, l'imagination débridée et les appétits coupables s'achève souvent par une défaite. Cette structure de caractère doit déployer une énergie considérable pour mater ses passions. Et plus elle s'acharne sur son problème, plus celui-ci prend de l'ampleur pour elle.

« Celui qui regarde constamment le précipice finit par y tomber » a déclaré Nietzche. L'abîme exerce une attirance. L'intérêt du compulsif déséquilibré se concentre sur les difficultés, les passions et la concupiscence. Tout tourne autour de ces choses. Mais elles évoluent dans un univers qui n'est pas étanche, et des pulsions mauvaises et meurtrières viennent à la surface.

« Il faut que je tue quelqu'un qui me veut du mal. »
« Je dois éloigner de moi tous les couteaux, parce que le diable me souffle à l'oreille : tue ton enfant ! »
« Je ne peux plus serrer la main des gens, sinon je leur transmets des germes infectieux. »

Il n'y a aucun doute à ce sujet : le malade perçoit ces tentations comme des obsessions (des possessions). Le jésuite américain Don Richard Riso explique ainsi le comportement des névrosés obsessionnels :

« Les personnes névrosées du premier type (structure compulsive selon ma définition) peuvent être si agitées par l'intensité de leurs obsessions qu'elles en arrivent à se croire possédées par des démons. Dans un certain sens, elles sont vraiment 'possédées', mais leurs démons ne sont autres que les pulsions et les sentiments refoulés qu'elles n'ont jamais voulu prendre en compte. De plus, ces personnes ne se sentent pas du tout en mesure d'analyser leurs pensées obsessionnelles, puisqu'elles ne peuvent absolument pas admettre que ce qui les agite, c'est leur haine d'autrui. En conséquence, elles passent beaucoup de temps à essayer d'assujettir encore davantage leurs pensées de crainte que leur rongement ne finisse par les anéantir. »[1]

Mais en agissant ainsi, le chrétien névrosé obsessionnel « cultive » ses perversions : en faisant tout son possible pour se débarrasser de l'impureté et du mal, parce qu'il est en quelque sorte un fanatique de la propreté morale, *il leur accorde beaucoup trop d'attention*. Cette fixation sur les péchés les entretient.

A côté des névroses obsessionnelles décrites précédemment, des pensées obsessionnelles (l'idée constante qu'il puisse arriver quelque chose à autrui ou à moi-même), des pulsions obsession-

nelles (se sentir poussé à agir de manière dangereuse ou inconvenante) et des actes obsessionnels (manie de faire du ménage, de vérifier cent fois le même détail, de collectionner des objets, de se laver les mains à chaque instant, etc.), on peut encore considérer comme typiques des troubles de cette personnalité les comportements suivants :
- la claustrophobie (la peur dans un espace réduit)
- l'agoraphobie (la peur des espaces libres),
- les tensions
- la néophobie (la peur du nouveau)
- le fanatisme (de la sécurité, de la propreté, etc.)
- la peur maladive (de la saleté, par exemple)
- l'attitude scrupuleuse
- les migraines,
- la névrose du sur-moi.

L'ouvrage *Critères diagnostiques*, *Mini-DSR III-R*, résume de la façon suivante les caractéristiques des troubles de la personnalité obsessionnelle-compulsive :

« Mode général de perfectionnisme et de rigidité, apparaissant au début de l'âge adulte et présents dans des contextes divers, comme en témoignent au moins cinq des manifestations suivantes :

(1) perfectionnisme qui entrave l'achèvement des tâches, p. ex. incapacité à achever un projet parce que certaines exigences personnelles trop strictes ne sont pas remplies;

(2) souci des détails, des règles, des inventaires, de l'ordre, de l'organisation ou des plans à tel point que le but principal de l'activité est perdu de vue;

(3) exigence déraisonnable que les autres se soumettent exactement à sa manière de faire les choses ou réticence déraisonnable à laisser les autres faire quelque chose sous prétexte qu'ils ne s'y prendront pas correctement;

(4) dévotion excessive pour le travail et la productivité à l'exclusion des activités de loisir et des relations amicales (sans que cela soit expliqué par des impératifs économiques évidents);

(5) indécision : la prise de décision est évitée, repoussée, ou traîne en longueur, p. ex. le sujet ne peut achever ses

tâches dans le délai imparti parce qu'il rumine des questions de priorité (il ne s'agit pas ici de l'indécision due au besoin excessif d'être conseillé ou rassuré par autrui);
(6) manière d'être trop consciencieuse, scrupuleuse et rigide sur des questions de morale, d'éthique ou de valeurs (sans que cela soit expliqué par une appartenance religieuse ou culturelle);
(7) restriction de l'expression de l'affection;
(8) manque de générosité pour donner de son temps, son argent ou des cadeaux quand cela ne doit pas déboucher sur un gain personnel;
(9) incapacité à jeter des objets usagés ou qui n'ont plus aucune valeur, même sentimentale.[2]

3.5 La foi

Si le dépressif aspire fortement à l'intimité, le compulsif, lui, recherche avant tout la sécurité. Tout ce qui est inconnu doit devenir familier.
– Le tempérament compulsif a besoin de *garanties*;
– il doit évoluer dans un *système ordonné et sûr*;
– il lui faut de *l'ordre* et des *directives précises*;
– il veut un *espace bien délimité* que ne menace aucun élément imprévisible;
– il *s'appuie sur les arguments avancés pour prouver Dieu.*

Tandis que le dépressif se fie à ses *sentiments*, le compulsif se repose sur des *faits vérifiables*. Il ne doute ni du Créateur ni du Rédempteur, mais plutôt des affirmations les concernant et se demande:
« En est-il bien ainsi ? »
« Qu'est-ce qui me le prouve ? »
quand il ne déclare pas tout simplement:
« J'en doute. »
Il connaît toutes les preuves de l'existence de Dieu que l'Eglise a formulées au cours de son histoire. Mais les points obscurs et les lacunes dans sa représentation des choses ont pour lui plus de poids que les certitudes. Il ne se laisse pas facilement raisonner ou consoler, car la consolation n'est pas quelque chose

de matériel qu'il puisse mesurer. Il lui faut des preuves tangibles; comme Thomas, il a besoin de mettre son doigt dans la marque des plaies pour être pleinement convaincu. Pour la personnalité compulsive, la révélation de Dieu doit se ramener à un fait objectif. Lorsque le compulsif ne peut pas calculer, mesurer ou vérifier, il réagit par le doute.

C'est pourquoi ce genre de tempérament a du mal à vivre par la foi. Il lui manque la dimension joyeuse, insouciante et enfantine. Lorsqu'il se convertit, c'est le Dieu-juge qui tient la première place dans son esprit. Il croit sincèrement que ses erreurs, ses négligences et ses péchés sont impitoyablement enregistrés et punis.

Ces dispositions fondamentales expliquent d'autres comportements caractéristiques de cette structure de personnalité.

Le chrétien compulsif
- estime avant tout les *valeurs*, les *règlements,* les *commandements*, les *normes*, les *directives*;
- a une foi plus *légaliste* que les autres tempéraments;
- est enclin à considérer parfois la Bible comme un *code de lois*;
- appréhende le Dieu vivant comme un *juge*, un *comptable*, un *procureur*, un *Dieu vengeur*;
- perçoit facilement le culte et la prière comme des *devoirs*;
- privilégie la *liturgie, les prières écrites d'avance, le déroulement immuable;*
- s'accroche à ce qui a été *transmis* (il aime les rites, les formes, les traditions, les cérémonies) ;
- serait tenté de *forcer* à croire (les enfants, par exemple) ;
- éprouve et communique des *craintes liées à la foi*;
- se méfie de la *tolérance*, des *tendances libérales*, des *compromis*, du *chaos*;
- se veut *fondamentaliste;*
- rejette *l'éthique de situation*;
- penche vers le *fanatisme religieux*;
- se sacrifie par *loyauté.*

Cette énumération met en évidence quelques péchés typiques de cette personnalité:

- ❖ perfectionnisme
- ❖ jugement
- ❖ critique
- ❖ pessimisme
- ❖ sentiment de supériorité
- ❖ propre justice
- ❖ pharisaïsme/légalisme
- ❖ manie de vouloir toujours avoir raison
- ❖ fanatisme
- ❖ arrogance morale
- ❖ colère
- ❖ dualisme «tout ou rien»

3.6 La personnalité compulsive dans ses relations

Comment se manifeste l'amour de la personne compulsive? Relevons les bons et les mauvais côtés de sa nature. Elle
- aime de façon responsable;
- ne se laisse pas entraîner dans des petites intrigues amoureuses;
- respecte les engagements clairement pris dans le couple;
- se tient aux promesses faites et accomplit les devoirs communs;
- est indéfectiblement fidèle;
- honore le mariage comme une institution;
- refuse les expériences préconjugales;
- n'aime pas les imprévus;
- a besoin de certitudes dans l'amour;
- n'aime pas superficiellement et réfléchit sérieusement avant de se marier;
- évite les flirts et les aventures extra-conjugales;
- aspire à un amour pur et sans tache.

Les aspects plutôt négatifs côtoient de près les positifs.
La personnalité compulsive
- privilégie le rituel;
- aime d'une manière schématique, conforme aux règles;
- parle de ses «devoirs» conjugaux;
- pour elle, l'amour n'est pas avant tout une affaire de sentiment;
- appréhende les débordements sentimentaux;
- se méfie des passions «dangereuses»;
- fuit tout ce qui est spontané;
- s'effraie devant une explosion de sentiments incontrôlés;
- tient à mener la barque, le conjoint n'a qu'à se soumettre;

- cherche à amener son partenaire à son point de vue ;
- se marie pour des motifs raisonnables ;
- considère le mariage comme un contrat juridique ;
- a tendance à traiter son conjoint comme sa propriété ;
- veut éviter un faux pas et doute longtemps de l'amour de son partenaire ;
- est facilement irritée par des bruits, des odeurs et des circonstances extérieures ;
- peut établir une très nette distinction entre sexualité et amour.

Les caractéristiques de la personnalité compulsive décrites ci-dessus nous permettent d'affirmer que l'individu qui possède cette structure de tempérament
- se précipite vers ce qui lui est familier,
- recherche ce qui est du domaine des habitudes,
- privilégie ce qui lui est devenu cher.

Leurs activités prouvent que les compulsifs mènent leur barque de façon volontaire et sans contrainte. Ils ont opté pour une vision étriquée et n'aiment pas se livrer à des expérimentations ; d'où tous leurs efforts pour envoûter leur premier amour.

Dans leur livre, les deux Américains George R. Bach et Ronald Deutsch décrivent comment, dans le choix du conjoint, ce type de personnalité se focalise sur un détail qui déclenche son attention :

« Ainsi, la petite cicatrice au-dessus de l'œil gauche du jeune homme peut évoquer celle qu'avait son sportif préféré, du temps où l'adolescente allait au lycée. Ou bien son sourire embarrassé lui rappelle le visage du professeur pour qui elle avait un faible. Ou encore, il fronce les sourcils exactement comme l'oncle Albert. Il parle avec un accent méridional, et voilà qu'elle songe aux merveilleuses vacances passées dans les Cévennes. Il est architecte, comme son propre père... La liste des caractéristiques souhaitables ou en tout cas acceptables est quasiment illimitée. Il faudrait une armée de psychanalystes pour disséquer tous ces facteurs. »[3]

La personnalité compulsive porte à ses expériences passées un intérêt plus prononcé que les autres tempéraments. Elle a besoin d'un sol ferme et programme son style de vie de telle façon que les signaux qui déclenchent son attention sur telle ou telle personne lui fournissent un point d'appui familier. Mais cette personnalité *surestime* la valeur de ces signes, s'y accroche et croit sans l'ombre d'un doute qu'en s'y fiant, elle évitera les erreurs dans le choix de son conjoint. Aucun des quatre types de personnalité n'est aussi branché et aussi fixé sur *l'inoubliable premier* que la personnalité compulsive.

Mais le style de vie des personnes compulsives et leurs schémas sont si rigides qu'ils les entraînent précisément à de mauvais choix. Au lieu de tenir compte de l'expérience, de se corriger et de modifier leur manière d'être, elles resserrent encore davantage les mailles de leur grille d'évaluation et commettent les mêmes erreurs dans un temps plus court que la première fois. C'est pourquoi, les individus de ce type se trompent fréquemment dans le choix du conjoint. Ils subiront aussi de nombreuses mésaventures dans leurs relations conjugales. Et malheureusement, leur style de vie compulsif ne leur permet pas de tirer profit d'une thérapie ou de conseils appropriés pour modifier les plans et les présupposés de leur vie. Ils craignent trop de perdre les appuis érigés dans leur existence.

3.7 Les vrais motifs

Les personnalités compulsives s'imposent à elles-mêmes et imposent aux autres des exigences élevées. Dans leur démonstration de la vérité, de la justice et des vertus morales, elles se comportent facilement en pharisiens.

Lorsqu'elles entrent dans leur phase négative, les natures compulsives paient généralement cher les objectifs élevés qu'elles se sont elles-mêmes fixés. Elles agissent sous la contrainte, sont tendues et fréquemment insatisfaites. Elles se sentent rapidement frustrées en constatant que les gens ne sont pas et ne se comportent pas comme ils le devraient. Ne parvenant pas à accomplir leurs tâches de façon irréprochable, elles sont stressées et ne s'accordent ni repos ni détente.

Le chrétien compulsif, qui tend vers la perfection, s'expose immanquablement à des conflits. Plus son but est élevé, plus sa déception sera grande s'il ne l'atteint pas. Sa vie quotidienne et sa vie religieuse sont fortement marquées par un modèle de comportement et de pensée que l'on peut résumer ainsi :

- il tend vers des *idéaux sublimes* et recherche des *absolus*,
- il n'est *jamais satisfait* de lui-même,
- il y a souvent une *guerre civile* en lui,
- il vit dans un perpétuel combat entre le *bien* et le *mal*,
- il est déchiré entre la *chair* et *l'esprit*,
- il est sans cesse tiraillé entre son *cœur* et sa *raison*.

Une telle personne est écartelée entre toutes ces forces opposées. Le combat entre son aspiration à la perfection et sa propre imperfection la rend profondément malheureuse. La lutte entre la poursuite de la vertu et ses propres péchés, entre la pureté et la souillure l'épuise. L'ordre et le désordre, Dieu et le diable, sont de puissantes forces contraires entre lesquelles se sentent coincés de nombreux chrétiens de tempérament compulsif. L'opposition entre le cerveau et le cœur, entre la raison et le sentiment les tourmentent. Ce que le chrétien de structure hystérique prend trop à la légère, à savoir le péché et la loi, le chrétien de structure compulsive le prend trop au sérieux.

Perfectionnisme et perfection sont les maîtres mots de la personnalité compulsive chrétienne. Le vers de Goethe dans Faust : « Celui qui persévère dans ses efforts, celui-là nous pourrons le sauver », lui va droit au cœur.

Elle veut *bâtir* une foi authentique par *ses efforts*,
elle cherche de façon *puritaine* à rendre sa vie quotidienne irréprochable,
elle désire ardemment mener une vie chrétienne *moralement irrépréhensible*.

Le chrétien de nature compulsive refoule les appétits coupables, les désirs terrestres et les convoitises de la chair. Mais comme il ne parvient pas à les contenir parfaitement, il devient méchant et agressif. Il n'arrive pas à se maîtriser comme il le voudrait. Certes, il emmure ses pulsions, mais celles-ci le tourmentent et le tyrannisent. Il décharge alors facilement son agressivité sur lui-même ou sur les autres. Cela tient au fait qu'il focalise davantage son attention sur les péchés que sur Christ, qu'il s'appuie davantage sur l'accomplissement de la loi que sur le pardon.

Le cas concret suivant aidera à mieux comprendre ce que peut représenter la compulsion dans la vie des gens.

Sophie a 19 ans. Elle vient de passer son baccalauréat avec succès, mais au prix de gros efforts. Baptisée sur sa demande à l'âge de 15 ans, elle est un modèle de minutie, de propreté et de moralité; elle aimerait rire à gorge déployée, mais elle ne s'en sent pas le droit, car le rire bruyant est un signe de frivolité, c'est-à-dire un péché.

Dès que l'envie la prend, elle se croit obligée de s'agenouiller et d'adopter une certaine attitude de prière, de joindre les mains avec les doigts et les pouces orientés dans une certaine direction. Si elle ne parvient pas à se concentrer totalement sur sa repentance, elle se punit elle-même en répétant deux à cinq fois sa prière de contrition. Elle sait qu'elle vit de la grâce, mais elle sait aussi que, de la loi, aucun point sur un « i » ne doit disparaître ou être négligé. Le Seigneur est un Dieu d'ordre. Il aime, mais en même temps il exige obéissance et fidélité absolues. Le chrétien qui transgresse consciemment ses commandements en pensée, en paroles ou en actions se rend coupable. Sophie considère cette attitude comme un péché grave. Pendant des heures, elle prie pour ne pas succomber à ses pulsions.

Le soir, quand elle se couche, généralement vers 22 heures, sa mère doit l'accompagner dans sa chambre pour descendre le volet roulant, diminuer le chauffage et éteindre la lumière, car Sophie s'est lavée et ne doit plus rien toucher de peur de se salir à nouveau. Elle ne dort bien que si, après sa toilette du soir, elle n'entre en contact avec aucun objet, sinon elle reste éveillée des heures durant à cogiter et à s'en prendre à elle-même. Sa mère ne dispose que de quelques occasions par mois pour sortir le soir. Le lendemain, elle en est quitte pour écouter les lamentations de sa fille qui a mal dormi, a été assaillie par des pensées ennemies et qui, de plus, a dû éteindre elle-même la lumière et réduire le chauffage. Elle n'a pas réussi à s'affranchir des conséquences de ce « contact souillant » sur ses pensées.

La jeune fille ressent ces obsessions comme une puissance étrangère qui s'exerce sur elle. Elle est persuadée qu'elle aurait réussi son baccalauréat avec mention si elle n'avait pas été la proie de pulsions diaboliques.

Sophie est la fille aînée et, contrairement à son frère, elle s'est dès son plus jeune âge montrée docile, obéissante et accommodante. Son père était un homme imprégné de principes moraux excessifs au point de démissionner de sa fonction au sein de l'Eglise libre, parce que d'après lui les anciens interprétaient trop libéralement les normes bibliques. A la maison , il se comportait en chef militaire sévère. La mère s'était soumise, abandonnant toute volonté propre. Elle avait capitulé devant son mari et respectait les règles et prescriptions innombrables que celui-ci avait établies. Sophie se plia elle aussi; seul son frère refusa de se soumettre et devint un rebelle et un marginal qui dut quitter la maison à 12 ans pour être mis en pension dans un internat. Sophie, la plus jeune membre de l'église, prit part à de nombreuses manifestations religieuses; plusieurs chrétiens l'admiraient, mais quelques-uns la plaignaient. En effet, certains membres clairvoyants s'étaient rendu compte que la jeune fille manquait de joie et souffrait de blocages.

Après son baptême à 15 ans et son baccalauréat à 18, Sophie adopta un comportement qui devint rapidement exaspérant. Elle refusait de toucher de la vaisselle brillante de peur d'y laisser l'empreinte de ses doigts et de devoir ensuite passer du temps à l'effacer. Ses parents durent lui mettre le sucre dans sa tasse, tartiner son pain et lui ouvrir les portes quand elle n'avait pas les mains gantées pour les ouvrir elle-même.

Sophie se mit à mener une vie d'ermite qui évitait tous les contacts et ne se rendait au culte et à l'étude biblique qu'avec ses parents. La mère fut la première à venir en consultation, parce qu'elle était au bord de la dépression nerveuse. Sophie passait alors ses journées assise à la maison, incapable de se concentrer sur ses études ou de commencer une formation professionnelle.

Que met en évidence ce récit ?

1. Les névrosés obsessionnels sont souvent des enfants obstinés qui veulent tout faire autrement que leurs parents ou leurs semblables. Sophie était d'abord une enfant gentille et docile jusqu'au jour où ses pensées et ses actions compulsives l'amenèrent à diriger son monde à la baguette.

Le comportement compulsif est une façon de réagir à la contrainte exercée par les parents. La jeune fille a lutté contre les ordres et les interdictions en élaborant sa propre stratégie autoritaire.

2. Toute petite déjà, Sophie s'est aperçue que le respect des règles, des formes, des rites et des commandements poussé à l'extrême lui attirait l'attention des autres. Elle est ainsi devenue une enfant exceptionnelle, parce qu'elle agissait avec plus d'ordre, plus de propreté et plus de droiture. L'absence de défauts visibles la distinguait des autres enfants. Très tôt, Sophie se fixa des normes et se mit à manipuler son entourage par le biais de ses vertus.

3. Les actions rituelles, répétitives et monotones jouent un grand rôle chez le névrosé obsessionnel. Elles lui évitent de devoir se poser des questions vitales et d'assumer des responsabilités. Celui qui lave des verres pendant des heures, qui passe son temps à effacer des traces de doigt sur les chromes ou à répéter toujours les mêmes gestes, mène une existence qui ne présente aucun intérêt pour la communauté ecclésiale et va même souvent à l'encontre de la vie chrétienne. Mais il y a aussi l'opposé : le compulsif n'obéit qu'à sa propre contrainte. Ce sont ses lois et ses pratiques obsessionnelles qui régissent son univers. Alfred Adler souligne fort justement cet aspect : « Je peux affirmer sommairement que toute névrose obsessionnelle comporte le principe suivant : le patient se met à l'abri des contraintes extérieures en décidant de n'obéir qu'à ses propres contraintes. En d'autres mots, le névrosé obsessionnel se cabre tellement contre toute volonté et toute influence extérieures qu'il en arrive à considérer sa volonté comme sainte et à l'imposer de façon irrésistible. »[4]

4. Les actions et les pensées obsessionnelles visent à détourner le patient des questions existentielles décisives. Sophie a eu son baccalauréat. Elle est décidée à poursuivre ses études, mais elle ne sait pas dans quel domaine. Ses ambitions professionnelles sont très élevées. Pour elle, n'est digne d'intérêt que ce qu'il y a de mieux. Mais comment discerner ce mieux ? Elle ne veut commettre aucune erreur, car elle n'y a pas droit. Cette pensée la tyrannise. La jeune fille raisonne ainsi : « Je veux exploiter au

mieux les dons que Dieu m'a accordés. » Elle revêt ainsi de spiritualité ses ambitions élevées. De plus, elle rend Dieu responsable de ne pas lui avoir encore clairement révélé quelles études entreprendre. Elle ne veut pas être infirmière comme le lui a suggéré sa mère. Elle sait que Dieu a pour elle une vocation différente, plus noble. Malheureusement ce genre de personne ne peut que rarement souscrire à une telle conviction intérieure.

5. La névrose obsessionnelle est un alibi commode pour excuser des performances médiocres. Sophie a certes réussi son baccalauréat, mais pas avec le brio qu'elle aurait espéré, et elle en rejette la responsabilité sur la névrose qui, selon elle, l'a empêchée d'obtenir une mention supérieure. « Si je ne m'étais pas sentie contrainte de faire du nettoyage pendant des heures ou de rester éveillée une bonne partie de la nuit, j'aurais certainement obtenu des résultats excellents. Dieu m'a ainsi préservée de la vanité. » Même sous une apparente *humilité* chrétienne, Sophie laisse percer son *orgueil*.

6. Le jeune fille perçoit la compulsion comme une puissance extérieure qui l'asservit. Elle ne s'identifie pas à ses pensées et à ses actions compulsives. Son Moi se rebiffe contre les idées bizarres qui la dominent et ne les accepte pas. Sophie expérimente donc un sentiment d'impuissance, d'échec et de faiblesse; elle constate que sa volonté ne parvient pas à vaincre la volonté extérieure qui la contrôle. On comprend pourquoi tant de responsables de la relation d'aide croient percevoir une puissance satanique dans les pensées, représentations et actions obsessionnelles. En réalité, il ne s'agit pas de possession démoniaque, mais d'une névrose obsessionnelle. Il est normal que le diable rie sous cape lorsqu'un chrétien s'appuie sur des rites insensés.

Or, celui qui cherche sincèrement, mais avec ses propres forces et pour sa propre gloire, à se débarrasser de toute mauvaise pensée, celui-là fait inconsciemment entrer en jeu les mécanismes compulsifs.

Le perfectionniste est toujours insatisfait, malheureux et anxieux. En effet, il ne se sent bien que lorsqu'il en arrive à ne commettre aucune erreur, à être parfait, donc inattaquable. Mais comme aucune créature ne peut atteindre ce stade et qu'au sens biblique, cette prétention n'est rien d'autre que la justification par les œuvres, le perfectionniste doit payer très cher ses efforts pour se surpasser.

Il vit *sur ses nerfs, sous tension*, se comporte de *manière crispée* et souffre de maux psychosomatiques.

Son perfectionnisme touche tous les domaines de la vie :
- celui de la *foi* (l'oubli de prier ou d'avoir un culte personnel est un péché grave qui génère un vif sentiment de culpabilité) ;
- celui de la *vie conjugale* (seule l'union parfaite est véritablement un mariage) ;
- celui de *l'éducation des enfants* (les erreurs commises sur ce plan sont impardonnables) ;
- celui de la *vie domestique* (une ménagère imparfaite n'est qu'une maritorne) ;
- celui de la *profession* (seul le travail parfait justifie sa raison d'être) ;
- celui de la *vérité* (« le menteur n'est jamais cru, même quand il dit la vérité »).

A présent, le lecteur comprend mieux le comportement de la personnalité compulsive et à quels mécanismes elle répond.

Mais pourquoi réagit-elle ainsi ? Quelle est la motivation profonde qui se cache derrière le modèle comportemental du perfectionniste ?

Mieux nous connaîtrons ses motifs, plus nous pourrons l'aider pratiquement et prier à bon escient pour lui. Voici quelques motifs qui apparaissent fréquemment au cours des séances de relation d'aide. Peut-être vous permettront-ils d'y voir plus clair :

Motif 1

Il s'efforce d'être parfait pour se faire apprécier de son patron ou de ses supérieurs. Il croit n'être estimé que s'il est irréprochable.

Motif 2

Il pratique le perfectionnisme afin d'être à l'abri de toute faute. Il croit qu'alors seulement sa raison d'être se justifie.

Motif 3
Il croit devoir être irréprochable, puisque la vie par l'Esprit fait mourir les pensées et les actions coupables.

Motif 4
Il se comporte de manière parfaite dans sa famille parce qu'il croit devoir laisser à ses enfants l'image d'un parent modèle.

Motif 5
Il « doit » penser et agir en perfectionniste puisqu'il est seul à porter la responsabilité (dans la famille, au travail, dans l'église) ; les autres manifestent certes de la bonne volonté, mais ils sont superficiels. Il croit devoir pâtir pour tout.

Motif 6
Il souffre de forts complexes d'infériorité qu'il estime pouvoir compenser par une vie parfaite. Car il peut alors prétendre à la reconnaissance, à l'acceptation et à l'estime.

Le franciscain Richard Rohr qui se reconnaît une personnalité de structure compulsive (type UN de son Enéagramme) décrit la motivation et par conséquent les problèmes fondamentaux des personnes compulsives de la façon suivante :

« Notre maîtrise de nous-mêmes et notre prétendue supériorité morale deviennent des motifs de jouissance qui remplacent la jouissance des appétits inférieurs que nous nous interdisons. Je me souviens fort bien qu'un jour ma mère avait déclaré : 'Ne serait-ce pas merveilleux d'avoir un fils prêtre ?' Je le suis devenu. Comme je suis un brave petit, j'ai fait ce que ma mère avait souhaité... Nous autres, personnalité du type UN, nous nous efforçons d'être bons afin de ne pas être punis. Nous voulons à tout prix éviter que des voix intérieures nous condamnent... Ces voix nous harcèlent nuit et jour : 'Es-tu assez bon ?' »[5]

Celui qui se demande constamment s'il est assez bon veut devenir meilleur que les autres. Comme les pharisiens, il cherche à être supérieur aux autres. Sa propre justice transsude de tout son être.

Citons encore une fois Richard Rohr qui met en lumière le

péché fondamental de la personnalité du type UN:
« Nous sommes en colère contre nous-mêmes. La colère est le péché profondément enraciné dans notre structure de personnalité. Si quelqu'un m'avait demandé dans ma jeunesse quel était mon *péché principal*, comme tous les jeunes gens j'aurais répondu — à tort —: *'l'impudicité'*... Nous autres, nous avons évidemment honte de notre colère. Nous évitons de laisser libre cours à l'irritation qui nous motive et nous pousse, et nous refusons d'admettre en nous-mêmes et devant les autres que nous sommes agressifs. Car évidemment, nous considérons l'irritation comme un aveu d'imperfection. Les enfants modèles ne sont pas furieux. »[6]

Pour paraître bon, le tempérament compulsif doit refouler l'irritation, la colère et l'emportement. En façade, l'individu donne toutes les apparences de la sérénité, mais au-dedans la tempête gronde. Le chrétien compulsif n'a pas le droit d'être agressif. Le perfectionniste doit être moralement meilleur, supérieur et excellent.

A cela Jésus répond : « Dieu seul est bon » (Mt 19:17). Cette vérité libère.

Christ veut nous délier de nos efforts à vouloir atteindre la perfection par notre propre justice. Le théologien anglais Oswald Chambers oppose la perfection chrétienne au perfectionnisme du propre juste :

« La perfection implique que le chrétien vive de plus en plus parfaitement de la vie de Christ. C'est lui qui est notre perfection. »[7]

3.8 L'aide thérapeutique et spirituelle

Parmi leurs relations, les chrétiens comme les non-chrétiens ont besoin de personnes ordonnées. L'absence de règles, de prescriptions et de lignes de conduite définies débouche sur le chaos. Combien de fois n'ai-je pas entendu mon maître spirituel déclarer : « L'ordre n'est pas *tout*, mais sans ordre il n'y a rien » ?

Les structures compulsives qui attachent une grande importance aux directives, à l'ordre, à la propreté et à la minutie laissent une empreinte utile dans les communautés qu'elles fréquentent.

Les hommes de loi ne créent pas la vie, mais ils la rendent possible.

Par contre, lorsqu'une personne manifeste un penchant compulsif exagéré par sa recherche maladive de la perfection, elle peut être un obstacle à l'épanouissement de la vie communautaire; il faut alors envisager les moyens de l'aider à se décharger de son fardeau et à se décrisper.

1. Quel but la personnalité compulsive cherche-t-elle à atteindre?

Si nous partons du principe que les caractéristiques fondamentales des quatre types de personnalité ne sont pas essentiellement innées mais acquises, nous devons nous demander ce que l'individu compulsif s'efforce d'atteindre en adoptant ce modèle de comportement.

- Quelle est l'importance de la contrainte ?
- Quel rôle les convictions, les entretiens, les directives claires, les interdictions et les commandements jouent-ils ?
- Dans quel but ces personnes se sont-elles approprié le comportement compulsif ?
- Quelles en sont les conséquences sur leur façon de vivre ?
- Le tempérament compulsif qui veut modifier sa façon de penser et d'agir doit simplement en examiner les effets habituels sur son entourage.
- Que disent ses collègues ?
- Que disent le conjoint et les enfants ?
- Que pensent les frères et sœurs de l'église ?

Ce tempérament prend-il au sérieux les remarques qui lui sont adressées ? Est-il au moins disposé à les entendre ? Se sent-il interpellé ou confirmé ?

Les réactions compulsives mettent toujours en jeu des convictions cérébrales et émotives. « Dis-moi ce que tu penses, et je te dirai ce que tu fais. »

Quels sont les objectifs poursuivis par le compulsif ?
  Il cherche à s'imposer par ses convictions sans ambiguïté,
  il s'efforce d'établir des rapports limpides par des positions nettes,

il intimide ceux qui l'entourent par sa manière d'être inflexible,
il ne veut pas paraître accommodant et peut devenir un tyran, le cas échéant, en dépit de ses convictions chrétiennes.

Si, en son for intérieur, l'intéressé n'admet pas qu'il poursuit — consciemment ou non — ces objectifs et ne les confesse pas devant Dieu, il est impossible qu'il change.

2. Ce que la personnalité compulsive doit accepter
Il faut qu'elle sache tout d'abord que Dieu nous aime tels que nous sommes. Il nous aime avec nos fautes et nos faiblesses. Si nous sommes insatisfaits, c'est souvent de notre propre faute, parce que nous voulons être parfaits. La recherche de la perfection est une grande tentation à laquelle est exposé l'individu compulsif; c'est pourquoi, il doit accepter qu'on lui répète sans cesse :
– qu'il n'est pas abandonné à lui-même dans sa lutte pour la justice, la vérité et l'ordre. Dieu tient les rênes et contrôle toutes choses.

L'une des dernières paroles prononcées par le grand théologien suisse Karl Barth est celle-ci : « Il gouverne. »

Ce n'est pas nous qui gouvernons, qui dominons et qui avons le dernier mot, mais notre Dieu. Pour ce qui nous concerne, nous devons lui faire confiance et ne pas vouloir absolument imposer le droit et la justice;
– qu'il ne parviendra pas à sauver le monde par ses vertus et sa pureté. La vertu et la pureté sont les fruits que l'amour de Dieu manifesté en Christ porte en nous. En aucune manière nous ne pouvons gagner le ciel par elles. Les parents, les éducateurs et les chefs compulsifs ne peuvent pas obliger quelqu'un à être heureux. Dieu lui-même respecte notre liberté;
– qu'il peut abandonner au Seigneur des seigneurs toutes ses « bonnes intentions » qui sont néanmoins marquées du sceau de la contrainte et des exigences élevées. Dans l'Ancien comme dans le Nouveau Testament, le commandement de l'amour s'oppose aux bonnes intentions qui cherchent à s'imposer par la pression, le chantage ou la force brutale;
– qu'il doit accepter simplement la sérénité que Dieu lui offre et renoncer à vouloir à toute force réaliser son plan personnel.

Les chrétiens compulsifs ont le droit de vivre tout à fait conformément aux normes bibliques; ils ont même le droit de les proclamer et de les démontrer par leurs vies. Mais ils ne sont pas les huissiers de justice de Dieu!

3. Avoir le courage de faire face à son imperfection!

Celui qui vise la perfection dans l'éducation de ses enfants, dans sa vie conjugale, dans la vie chrétienne et dans la vie quotidienne, se rend malheureux. Il se punit lui-même.

Par ses souffrances, Christ a *parfaitement* expié nos péchés, nos faiblesses et nos erreurs. Nous n'avons nul besoin d'améliorer son œuvre de salut.

Celui qui perçoit ses erreurs et ses manquements dans l'éducation des enfants, dans sa vie de couple et dans sa vie de tous les jours comme une véritable catastrophe,
- se décourage,
- inculque involontairement le mensonge à ses enfants (puisqu'ils n'ont pas le droit de commettre des erreurs!),
- glisse vers la névrose, puisque l'insatisfaction épuise toute son énergie vitale,
- s'accable lui-même et accable les autres, car ses exigences trop ambitieuses pèsent lourdement sur le corps, l'âme et l'esprit des intéressés.

Celui qui a le courage de reconnaître et d'admettre son imperfection, reconnaît du même coup son état de péché et son besoin de salut; il ne fixe pas ses yeux sur ses carences, mais sur Jésus.

4. Ramener les fautes «graves» à une plus juste proportion!

Il y a des années, ma femme et moi-même avons suivi un cours de perfectionnement en Suisse. Une célèbre conseillère familiale américaine y traitait le sujet de l'éducation. J'ai été frappé par la fréquente répétition d'une petite phrase que j'ai retenue:

«Il faut revoir les «grandes» fautes à la baisse!»

Celui qui veut à tout prix éviter de se tromper se rend malheureux. Il finit par se résigner et ne plus rien entreprendre. Il s'applique le dicton: «Il n'y a que celui qui ne fait rien qui ne se trompe jamais.» C'est faux!

Le courage de faire face à son imperfection ne signifie pas du tout accepter ses faiblesses sans réagir. Ce n'est en aucun cas une invitation au laxisme : « Ne dramatise pas tes péchés ! » Le compulsif a peur : « Si je commets une erreur, Dieu et les hommes ne m'aimeront plus. » Il faut qu'il apprenne à se débarrasser de cette crainte. Quiconque fixe son attention sur ses fautes se crispe, mais celui qui tourne les regards vers le Sauveur retrouve la sérénité.

5. *Le courage d'une certaine insouciance*

La personnalité compulsive veut absolument tout régenter, même sa propre personne. La véritable discipline et la maîtrise de soi occupent certes une grande place dans la Bible. Cependant Paul les définit ainsi : « Mais le fruit de l'Esprit, c'est l'amour, la joie ... la douceur, la maîtrise de soi » (Ga 5:22s).

Ce n'est pas nous qui produisons la maîtrise de soi, mais l'Esprit de Dieu. Le tempérament compulsif est fortement tenté de produire ce fruit par ses propres forces et sa propre volonté. Or celui qui porte du fruit, c'est celui qui vit *de* Christ et qui demeure *en* lui.

Dans le sermon sur la montagne, qui est en quelque sorte son grand discours inaugural, Jésus a proposé une alternative avantageuse à la fausse maîtrise de soi :

« Ne vous inquiétez pas en vous demandant : qu'allons-nous manger ? Avec quoi allons-nous nous habiller ? La vie vaut bien plus que la nourriture. Le corps vaut bien plus que le vêtement.... Ah, votre foi est encore bien petite ! Ne vous faites donc pas de souci au sujet du manger et du boire, et ne vous tourmentez pas pour cela. Toutes ces choses, les païens de ce monde s'en préoccupent. Mais votre Père sait que vous en avez besoin. Faites donc plutôt du Règne de Dieu votre préoccupation première, et ces choses vous seront données en plus » (Lu 12: 22, 28-30).

Le perfectionniste gère une véritable usine productrice de soucis ! L'éventualité d'une lacune lui est étrangère. Quant à l'insouciance, elle représente à ses yeux un trop gros risque. Tout doit être minutieusement contrôlé. Tout doit fonctionner sans le moindre accroc et être structuré pour éviter le moindre aléa.

Ces soucis et ces appréhensions l'anéantissent. C'est pourquoi, il a besoin d'apprendre à les abandonner et à les confier à celui qui veut s'en charger : « Déchargez-vous sur lui de tous vos soucis, car il prend soin de vous » (1 Pi 5:7).

6. La justification par les œuvres: la pire des tentations
Le perfectionnisme et les efforts inouïs pour atteindre la perfection sont les caractéristiques d'un modèle comportemental qui n'a pas grand-chose de spirituel. Les chrétiens compulsifs qui s'efforcent de plaire à leur Seigneur s'imposent des efforts surhumains. Le désir de se justifier par ses œuvres est la pire tentation du compulsif. La fierté d'être parvenu à un haut niveau de moralité déforme la vision des vraies valeurs. L'erreur de cette personnalité réside dans le fait

    qu'il polarise son attention d'abord sur ses *péchés* et non sur Christ,

    qu'il s'attarde sur ses *défaites* et ne voit pas ses victoires,

    qu'il dirige son regard sur *lui-même* et non sur le pardon.

Une parole du théologien Oswald Chambers nous a ouvert les yeux :

« L'idée que Dieu voudrait faire de nous des modèles accomplis, ce qu'il est évidemment capable de réaliser, est un piège. Dieu a l'intention de nous faire devenir un avec lui. L'accomplissement chrétien n'est pas la perfection humaine et il ne peut pas l'être. L'accomplissement chrétien réside dans l'unité parfaite avec Dieu... Je suis appelé à vivre cette relation de pleine intimité avec lui. »[8]

7. Questions à se poser

– Puis-je sincèrement prier Dieu de m'aider à lui confier mes tentatives humaines à atteindre la perfection, et à faire dépendre ma vie exclusivement de la sienne ?

– Suis-je prêt à reconnaître mon penchant à reprendre, à ergoter sur des vétilles, à rouspéter et à critiquer ? Suis-je conscient que je communique un sentiment de culpabilité à mon entourage, et qu'avec les meilleures intentions, je suis néanmoins en train de le mettre sous pression ?

– Se peut-il qu'à cause de mon attitude inflexible, je pousse mes enfants à la résistance et à la révolte ?

- Est-ce que dans la vie, je suis du genre à chercher avant tout les défauts ? Suis-je quelqu'un qui voit tout en noir, un pessimiste ? Ai-je tendance à dessiner le diable sur le mur pour que mon entourage ne manque pas de le voir ?

- Ne puis-je mener une vie épanouie que si mes nobles ambitions et mes aspirations à l'idéal se réalisent ?

- Est-ce que je cherche à vivre sans péché pour donner aux autres l'image d'une vie parfaite ?

- Suis-je enclin à l'intolérance et au fanatisme ? Suis-je fier de vouloir toujours avoir raison ? Dois-je imposer ma fermeté aux autres ?

- Suis-je à cheval sur les principes ? Fier de mon inflexibilité ?

- Quels sont mes traits de caractère que mon entourage décrirait avec un « hyper » (hyperconsciencieux, hypertatillon, hypermoral, hyperpropre, etc.) ? Suis-je flatté de leur description ou bien m'apparaît-elle comme manifestant de l'indignation et de l'incompréhension spirituelle ?

4. La personnalité hystérique

4.1 La structure de base

La *personnalité hystérique* est à l'opposé de la personnalité compulsive. Tandis que l'individu compulsif est empêtré dans ses règles, ses prescriptions et ses mesures de sécurité, l'hystérique, lui, a des idées larges, est épris de liberté, est du genre « fonceur ».

Dans chaque situation de la vie,
  il réagit avec *souplesse*;
  il *s'adapte* à tous les niveaux de relations;
  il sait être *populaire* en privé comme en public;
  il veut être *particulier*;
  il s'y connaît pour *motiver* les autres;
  il se fixe comme but de les *influencer*;
  il est généralement *conscient de sa valeur* et *sûr de lui*;
  il incarne une *grande énergie*;
  il se conçoit comme un *meneur*;
  il sait ce qu'il veut et poursuit résolument son *but*;
  il ne s'embarrasse pas de détails, seule compte pour lui la *vue d'ensemble;*
  il a l'art et la manière de bien *se vendre*;
  il organise habilement son programme et prend des *décisions rapides*;
  il veut qu'on *fasse appel à lui*;
  il affiche une *conception optimiste de la vie*;
  il agit avec une *parfaite maîtrise* de soi-même pour *atteindre les objectifs qu'il s'est fixés.*

Ce genre de personnes font face à la vie avec joie et reconnaissance. Elles acceptent toutes choses comme venant de la main de Dieu, sont capables de s'enthousiasmer, sont facilement contentes et se montrent très sensibles au bonheur. Elles se caractérisent par leur bonne humeur.

Résumons les traits de caractère positifs de la personnalité hystérique. Les hystériques sont
- de bons animateurs,
- boute-en-train,
- optimistes,
- spontanés,
- souples,
- rapides,
- dotés d'esprit d'initiative,
- intéressés par tout ce qui est
- malléables,
- imaginatifs,
- orientés vers un but,
- candides,
- pleins d'humour.
- des lève-tôt,
- bons vivants,
- impulsifs,
- ouverts,
- généreux,
- pétillants,
- captivants,
- nouveau et moderne,
- aventuriers,
- persuasifs,
- de contact facile,
- pragmatiques,

Nous avons certainement déjà tous eu affaire aux aspects négatifs de ce type de personnalité. Il
- manque de persévérance,
- se montre inconstant et instable,
- est trop spontané,
- amplifie tout,
- craint d'être mis dans un moule,
- redoute la contrainte,
- a peur de ne pas être justement apprécié,
- éprouve le besoin de se mettre en valeur,
- est très influençable,
- dépend fortement du sentiment de sympathie,
- entretient des espérances irréalistes,
- n'est pas fiable, parce que versatile,
- est prodigue,
- manque de réalisme,
- est partisan du moindre effort,
- est maître dans l'art de refouler,
- tourne comme une girouette,
- manie la diplomatie,
- ne se contrôle pas et dramatise,
- commet des fautes d'inattention,

- se dit: «Une fois n'est pas coutume»,
- se dérobe volontiers à ses obligations,
- pense: «Le passé est révolu»,
- est en quête d'admirateurs,
- se glorifie lui-même (narcissisme).

4.2 L'enfance

La structure hystérique se développe différemment des autres. Tandis que, dans leur enfance, les schizoïdes et les dépressifs ont fait l'expérience d'une certaine mise à l'écart et d'une forme de rejet, les enfants ayant un profil hystérique ont plutôt connu la considération et la flatterie. Ils sont pris au sérieux et estimés. On fait souvent trop grand cas d'eux.

Les parents sont généralement fiers de tels enfants. Ils les mettent sous les feux de la rampe. Mais par la même occasion, ils se font valoir eux-mêmes. Ils cultivent une grande assurance. Il semble qu'ils soient peu sujets aux sentiments d'infériorité. Ils savent ce dont ils sont capables et ils le disent.

Beaucoup d'entre eux souhaitent avoir des enfants modèles.

Tout en ceux-ci est *matière à louange*,
tout est *mis en valeur*,
tous les dons sont *soulignés*,
toutes les caractéristiques sont *interprétées positivement*.

Cet optimisme exagéré pousse de nombreux enfants à vouloir se conformer à la vision chrétienne encourageante de leurs parents et de leurs éducateurs. La plupart sont trop jeunes pour se forger une foi personnelle. Beaucoup en viennent à adopter la foi des parents. Dans la vie, ils font preuve de force et d'assurance. Ils incarnent la témérité, l'acceptation du risque. Ils croient en eux parce qu'ils ont constaté que les adultes croyaient en eux. Les enfants se sentent adulés, considérés et focalisent l'attention de l'entourage. Ils prennent conscience de leur valeur et agissent en conséquence.

Ils évoluent avec courage et assurance,
ils font preuve d'une grande confiance en eux,
ils ne se tiennent pas timidement à l'écart,
à l'école, ils se comportent sans retenue,

ils saisissent les occasions sans se faire prier,
ils pensent et agissent sans chercher midi à quatorze heures.

C'est ainsi que l'on peut caractériser quelques-unes des impressions d'enfance des personnalités hystériques.

On compte aussi parmi les hystériques des individus qui ont perdu la notion d'une saine autocritique.
Ils ont été négligés dans leur enfance,
ils ont été peu considérés en tant qu'enfants,
leurs parents n'avaient pas de temps à leur consacrer,
ils n'ont certes pas été découragés,
ils n'ont pas non plus été exagérément dévalorisés.

Le sentiment de leur valeur personnelle n'a pas été contrarié par d'incessantes critiques, par la dépréciation et par la prétention des autres à vouloir toujours mieux savoir qu'eux. *Mais ils n'ont cependant pas été assez considérés et valorisés.*

C'est pourquoi ils s'efforcent maintenant de se mettre en valeur. Ils font étalage d'eux-mêmes. Ils attirent l'attention. Ils luttent sur plusieurs fronts pour s'attirer louange et admiration.

Voici en quelques mots la genèse du tempérament hystérique:

Les parents se prennent très au sérieux, ils
sont fiers de leurs enfants et leur communiquent cette fierté, ou alors ils les négligent et les ignorent,
vivent leur vie dans est une perpétuelle compétition,
dévalorisent les autres ou, au contraire, ils les idolâtrent,
élèvent leurs filles pour en faire des ensorceleuses,
font de leurs fils des séducteurs irrésistibles,
aiment l'apparence, le prestige, l'extérieur.

Les enfants attirent l'attention,
focalisent l'intérêt,
se mentent à eux-mêmes,
se grisent de leur valeur,
ont de grandes ambitions,
dédaignent ou évitent ce qui est futile,

craignent l'insignifiance,
cherchent à briller,
veulent être supérieurs aux autres et se démarquer d'eux.

4.3 Les professions préférées

Il est normal que les natures hystériques choisissent de préférence des métiers qui impliquent l'imagination, les contacts, la mise en valeur de soi, la prestance, la persuasion. Voici quelques métiers typiques de cette structure de personnalité :

acteur	conférencier
chercheur	évangéliste
inventeur	chansonnier
artiste	politicien
décorateur	publiciste
rédacteur	représentant
modéliste	vendeur
styliste	

4.4 Le malade hystérique

Je tiens d'abord à préciser l'origine et le sens du mot « hystérie » pour éviter tout malentendu.

Ce mot vient de la même racine grecque que le mot « utérus ». Le médecin grec Hippocrate pensait que l'hystérie était une maladie provoquée par la mobilité de la matrice dans le corps de la femme souffrante, laissant entrevoir les signes avant-coureurs d'une paralysie. Etymologiquement, l'hystérie est donc une maladie de l'utérus.

Vers 1880, le médecin parisien Charcot s'est longuement penché sur les formes de l'hystérie. Il partait du principe que la maladie était due à des lésions inconnues dans le cerveau. C'est Sigmund Freud, un disciple de Charcot, qui démontra plus tard que le *développement de l'hystérie était d'origine psychogène*.

La maladie se caractérise par les symptômes suivants :
– paralysies,
– troubles visuels,
– mutisme hystérique,

- insensibilité à la douleur et dérèglement de certaines fonctions corporelles.

On constate que le malade hystérique souffre des séquelles de problèmes d'enfance non résolus. Les femmes sont beaucoup plus sujettes à cette maladie que les hommes. L'hystérie a été le cheval de bataille de la thérapie par la psychologie des profondeurs. Freud et son école psychanalytique se sont beaucoup intéressés à elle.

Beaucoup d'hystériques exercent un réel pouvoir sur leurs corps. Par la suggestion, ils parviennent à influencer certains organes. Ainsi, des hystériques arrivent par exemple à raidir leurs articulations au point de marcher comme s'ils avaient vraiment une jambe de bois. D'autres sont victimes de cécité. Leurs yeux sont en parfaite santé et pourtant ils ne perçoivent pas les objets. D'autres encore vomissent sur commande. L'hystérique manipule son organisme avec une telle habileté qu'il peut afficher les réactions émotives les plus violentes. En versant d'abondantes larmes ou par d'autres mises en scène théâtrales, le malade grossit ses problèmes.

Les maladies ou caractéristiques pathogènes suivantes sont typiques de la personnalité hystérique :
- hypertonie (pression artérielle élevée),
- mythomanie (tendance maladive à mentir et à fabuler),
- refoulement des événements réels (dans la puberté),
- mégalomanie,
- manies (maladies maniaco-dépressives),
- hypocondrie,
- acharnement au travail,
- infantilisme,
- narcissisme,
- manière d'être incohérente,
- insouciance,
- passion du jeu,
- égoïsme maladif,
- autodestruction,
- trouble histrionique de la personnalité (attire l'attention de façon exagérée).

J'aimerais examiner deux troubles de plus près.

En étudiant la personnalité hystérique dysfonctionnelle, les psychiatres américains ont élaboré un schéma qu'ils ont qualifié de schéma «*histrionique*». Dans la Rome antique, *l'histrion* était un acteur qui jouait des farces grossières.

La personnalité histrionique présente les symptômes suivants :
- elle recherche d'une manière exagérée *l'attention*, la *sécurisation*, *l'approbation* et les *éloges*,
- elle est sujette à des *émotions superficielles* et rapidement changeantes,
- elle peut passer presque instantanément de l'expression de la colère à celle de la joie, puis à celle de la tristesse,
- elle est impatiente, incapable d'attendre et exige une *satisfaction immédiate*,
- elle attache une importance démesurée à son aspect extérieur, à son *apparence*,
- elle dramatise la situation par ses paroles et ses gestes,
- elle déteste la *routine* et l'absence de stimulation,
- elle agit de façon *illogique*,
- elle se laisse facilement influencer et se montre *crédule*,
- dans les relations conjugales, elle s'efforce de *dominer* le sexe opposé et de *l'assujettir*,
- elle sous-estime la *pensée analytique*,
- elle possède une *imagination féconde et créative*,
- elle a tendance à *afficher des convictions* et à *prononcer des jugements mal étayés*.

Le *Manuel Mini DSM III-R, Critères diagnostiques*, décrit la personnalité histrionique par son mode général de réponse émotionnelle excessive et de quête d'attention, apparaissant au début de l'âge adulte et présent dans des contextes divers, comme en témoignent au moins quatre des manifestations suivantes :

(1) recherche ou exige constamment rassurement, approbation ou éloges,
(2) aspect ou comportement de séduction sexuelle inadapté,
(3) souci excessif de plaire physiquement,
(4) exagération inadéquate de l'expression des émotions, p. ex. étreint des connaissances de rencontre avec une

ardeur excessive, sanglote de manière incontrôlable pour des motifs sentimentaux mineurs, présente des accès de colère,
(5) se sent mal à l'aise dans des situation où il/elle n'est pas au centre de l'attention d'autrui,
(6) expression émotionnelle superficielle et rapidement changeante,
(7) égocentrisme, comportement visant à obtenir une satisfaction immédiate; intolérance à la frustration et à tout retard pour une gratification,
(8) manière de parler trop subjective mais pauvre en détails : quand on demande au sujet de décrire sa mère, il ne peut être plus précis que : « C'est une personne fantastique ».[1]

Le *narcissisme*, c'est-à-dire l'amour de soi, est une autre forme de dysfonctionnement de la personnalité hystérique. Le narcissique *focalise son attention* sur lui-même et *la détourne* des autres. La maladie évolue selon des épisodes cyclothymiques (états maniaco-dépressifs). Dans sa phase maladive, la personnalité hystérique manifeste souvent des caractéristiques narcissiques. Il n'est pas toujours aisé de distinguer les troubles *narcissiques* des troubles *histrioniques*.

Qu'est-ce qui caractérise la personnalité hystérico-narcissique ?
– Elle se considère comme *formidable*,
– elle est convaincue de son *importance*,
– elle *surestime* ses capacités et ses dons,
– elle oscille souvent entre le *sentiment exagéré de sa propre valeur* et celui d'une *insignifiance totale*,
– dans son imagination fantasque, elle se lance dans les *expériences les plus folles*,
– elle entretient constamment des idées de *puissance*, de *beauté* et *d'éclat*,
– elle possède un *sentiment fluctuant de sa propre valeur*,
– elle est obsédée par le désir d'être *écoutée* et *admirée*,
– elle déploie beaucoup de charme et recherche *constamment les compliments*,
– elle rencontre beaucoup de difficultés dans ses *relations interpersonnelles*,

– elle considère son partenaire comme un *objet*,
– elle manie l'art de *simuler ses sentiments*.

Cette personnalité se caractérise donc par un mode de fonctionnement général de type grandiose (dans les fantaisies imaginatives ou le comportement), marqué par un manque d'empathie et une sensibilité exagérée au jugement des autres, apparaissant au début de l'âge adulte et présent dans des contextes divers, comme en témoignent au moins *cinq* des manifestations suivantes :

(1) réagit aux critiques par des sentiments de rage, de honte ou d'humiliation (même s'ils ne sont pas exprimés),
(2) exploite l'autre dans les relations interpersonnelles : utilise autrui pour parvenir à ses propres fins,
(3) a un sentiment disproportionné de sa propre importance, p. ex. surestime ses réalisations et ses capacités, s'attend à être reconnu comme « exceptionnel » alors qu'il n'a rien accompli de spécial,
(4) pense que ses problèmes sont uniques et ne peuvent être compris que par des gens hors du commun,
(5) est absorbé par des fantasmes de succès illimité, de pouvoir, d'éclat, de beauté ou d'amour idéal,
(6) a le sentiment que les choses lui sont dues : s'attend sans raison à bénéficier d'un traitement de faveur, p. ex. se figure qu'il/elle ne doit pas attendre dans une queue comme les autres,
(7) réclame une attention et une admiration constantes, p. ex. passe son temps à rechercher les compliments,
(8) manque d'empathie : incapacité à reconnaître et à ressentir ce qu'éprouvent les autres, p. ex. est irrité ou surpris si un ami annule un rendez-vous parce qu'il est gravement malade,
(9) nourrissent des sentiments d'envie ou de jalousie.[2]

4.5 La foi

Les chrétiens hystériques
❖ ont une gaieté contagieuse ;
❖ deviennent exaltés lorsqu'ils sont saisis par l'Esprit-Saint ;

- ❖ ont un penchant pour le charismatisme;
- ❖ font aveuglément confiance;
- ❖ recherchent toujours l'aspect positif des choses;
- ❖ se poussent à l'enthousiasme;
- ❖ ont le cœur sur les lèvres, même en matière de foi;
- ❖ sont dynamiques;
- ❖ peuvent être très euphoriques (Paul, dans son argumentation qui lui valut la remarque « Tu es fou, Paul ! »);
- ❖ ont une foi simple, voire enfantine;
- ❖ sont ouverts à tous les nouveaux mouvements, aux nouveaux chants, nouvelles formes, nouvelles idées;
- ❖ sont porteurs du message de la grâce et non de la loi;
- ❖ savent consoler et encourager;
- ❖ s'accomodent facilement aux mœurs différentes.

La personnalité hystérique possède une foi d'enfant. Elle accepte Christ dans sa vie simplement, joyeusement et avec bonheur. Richard Rohr considère Saint François d'Assise comme un type de ce tempérament.

Avant sa conversion, François d'Assise était un grand noceur, présent à toutes les parties de plaisir. Mais quand il a découvert la vraie foi, il a tourné le dos aux richesses, a renoncé définitivement aux fêtes somptueuses et aux bals bruyants.

Mais il est resté un saint joyeux,
> il s'est intéressé à tout ce qui était beau,
> il a inlassablement poursuivi la joie parfaite,
> il a tressailli de joie devant les fleurs et les oiseaux,
> il pouvait se servir d'un bâton comme d'un violon et danser au son d'une mélodie imaginaire,
> à la fin de sa vie, il a salué la mort comme une sœur et une amie.

« Francesco » a entretenu une foi enfantine, a enseigné simplement et a conservé une joie candide.

Tandis que le chrétien dépressif et le chrétien compulsif se débattent souvent avec des problèmes liés à la foi, le chrétien hystérique croit aveuglément. Il sait que l'évangile est une « bonne nouvelle qui rend heureux ». Pour lui,
> la *foi* n'est pas l'obéissance de l'esclave,

la *marche du disciple* n'est pas celle du pénitent allant à Canossa,
la *prière* n'a rien de pénible,
la *sainteté* n'est pas un chemin de souffrance,
être chrétien, c'est avancer joyeusement vers la patrie éternelle.

Les chrétiens hystériques savent que toutes ces affirmations sont exagérées. Pourtant, ces formules caractérisent leur style de vie. Ils parviennent sans difficulté à entraîner des gens tristes, obsédés, sceptiques ou pinailleurs. Leur assurance et leur optimisme chrétiens agissent efficacement sur les cœurs.

Les chrétiens hystériques comptent dans leurs rangs des prédicateurs passionnés de l'évangile, qui secouent et réveillent les âmes endormies. Ils ont le don de captiver l'attention. Leur bonne humeur contagieuse et leur tournure d'esprit enfantine leur permettent de tirer du bon de toutes choses. Ils ne pratiquent pas un christianisme intellectuel et ne passent pas leur temps à discutailler d'arguties théologiques.

Cette sérénité religieuse a aussi ses inconvénients. Elle a tendance à simplifier le contenu de l'évangile. Les chrétiens hystériques éliminent facilement ce qui a trait à la *douleur et à la souffrance*,

– ils annoncent presque exclusivement la *bonne nouvelle qui rend heureux,*
– ils prêchent le *triomphe de la résurrection*,
– ils évitent de parler *de l'affliction, de la croix et de la misère*,
– ils sont avant tout des *prédicateurs de la grâce*,
– ils cherchent constamment à *relever*,
– ils veulent susciter non la crainte, mais la *joie*,
– ils propagent une *théologie des réalités glorieuses*,
– ils glisseraient facilement vers une *théologie du bien-être*.

Les hystériques se sentent tout naturellement attirées par les églises charismatiques dans lesquelles les chants, les prédications et l'atmosphère permettent davantage d'exubérance. Un déroulement monotone du culte leur paraît ennuyeux et stupide. La liturgie a un effet soporifique sur elles. Elles veulent être « exaltées » en esprit et dans leurs sensations physiques.

Richard Rohr qui se considère comme une nature compulsive, par conséquent comme un être sérieux, ponctuel et consciencieux, formule quelques réflexions judicieuses :

« Le mouvement charismatique risque fort de devenir un simple mouvement de type sept (dans l'« Ennéagramme », le type sept correspond à la structure de personnalité hystérique). Dans ce milieu, on insiste beaucoup sur la doctrine de la résurrection et de la gloire, mais on n'aime pas tellement entendre parler de la théologie de la croix, ni trop fixer les regards sur Christ, l'homme de douleur. On prêche souvent un salut qui passe autant que possible la souffrance et la mort sous silence... Nombre et quantité sont toujours à l'honneur. Si l'on doit présider un office religieux charismatique, il faut tenir compte du fait que l'assemblée veut chanter 14 cantiques en introduction et autant après la Cène. Même dans les paroles de ces chants fréquemment répétés, on ne trouve que les thèmes de la gloire à venir... La communauté estime que si proclamer une fois « Louez le Seigneur ! », c'est bien, proclamer 45 fois « Louez le Seigneur ! », c'est mieux !

Je le dis avec toute la considération que je porte aux dons qui se manifestent au sein du mouvement charismatique. »[3]

Richard Rohr a visé juste dans sa description de l'attitude religieuse de la personnalité hystérique. Le danger n'est pas exagéré. Les sentiments, les visions et les inspirations qui trouvent un terrain favorable dans cette structure peuvent facilement être interprétés — à tort — comme le résultat de l'œuvre du Saint-Esprit. Aucun autre type de personnalité ne peut être le siège de manifestations aussi douteuses du Saint-Esprit. L'hystérique est prédisposé à ce genre d'expériences.

Je me sens moi-même interpellé par le tempérament hystérique. Les chants de louange m'enthousiasment. L'ardeur qui se dégage du culte m'émeut. Mais l'expérience acquise dans la relation d'aide m'a appris que cette vie euphorique fait naître des espérances qui ne résistent pas devant la réalité. Les prières ferventes pour la guérison des malades sont bien souvent sans effet. Quelle cruelle déception pour le patient !

Ce qui manque à cette catégorie de chrétiens, c'est la sobriété. Ils ont besoin de la présence de chrétiens réalistes et équilibrés qui ne vont pas commencer par critiquer et semer le doute, mais, par amour fraternel, vont s'efforcer de tempérer leurs débordements d'émotivité pour les maintenir dans certaines limites. Les hystériques sont des chrétiens enthousiastes capables d'enthousiasmer les autres. Malheureusement, il n'est pas toujours facile de faire la distinction entre l'exubérance d'origine humaine et celle d'origine spirituelle.

C'est pourquoi, l'attitude primaire qui consiste à ne pas « s'en faire » nécessite quelques corrections. La détresse, la souffrance, les obligations et la saine réflexion appartiennent tout autant à la vie chrétienne que l'exaltation, la louange, la joie et la simplicité auxquelles le chrétien hystérique s'adonne.

Voici quelques péchés de prédilection de la personnalité hystérique:
- ❖ la vanité
- ❖ le besoin de se faire valoir
- ❖ la superficialité
- ❖ une certaine légèreté
- ❖ la relativisation du péché
- ❖ une opinion surfaite de soi
- ❖ elle confond facilement l'exubérance et les aptitudes naturelles avec la ferveur et les dons qui viennent du Saint-Esprit
- ❖ une conception déformée de la grâce

4.6 La personne hystérique dans sa relation conjugale

Il ne s'écoule pas une semaine sans que les journaux à sensation ne livrent en pâture à leurs lecteurs les aventures de ménages à trois. Avec ou sans illustrations, une certaine presse se plaît à nourrir ses lecteurs curieux des déboires de personnes qui, parce qu'elles étaient en quête de considération ou jouaient les coquettes, ont été aguichées par le sourire d'un séducteur et sont tombées dans son piège. Il s'agit surtout d'acteurs et de gens qui veulent tenir un rôle en vue et qui dépendent beaucoup de la faveur du public. Faut-il s'étonner que ce soit justement ceux qui comptent sur les éloges de la foule et qui trouvent leur satisfaction dans les applaudissements, qui succombent facilement aux séducteurs notoires ou plus discrets ? Des personnes qui nourrissent le secret désir d'être valorisées tombent aisément dans les bras de celui qui semble leur offrir ce après quoi elles soupirent. Peut-on généraliser et dire que ceux qui exercent des métiers qui les placent sous les feux de la rampe sont des per-

sonnes instables de nature ? Que ceux qui ont du mal à s'accommoder de la fidélité conjugale sont des gens sur lesquels on ne peut pas compter, qui ne sont pas consciencieux et n'ont pas de cœur ? Certainement pas. Mais il y a dans leur style de vie une composante fondamentale qu'il faut connaître :
- Je *dois parvenir à mes fins*, c'est pourquoi j'utilise toutes les cordes de mon arc pour atteindre mon objectif;
- je ne peux exister que si je suis le centre d'intérêt et si tout gravite autour de moi;
- je conserve des doutes sur ma valeur tant que toutes les personnes de mon entourage ne me tiennent pas en haute estime dans leurs pensées.

Dans ces conditions, on comprend que ces personnes soient facilement séduites. C'est pourquoi les aventures amoureuses et les ménages à trois ne sont pas rares parmi elles.

Fritz Riemann a bien saisi la personnalité aux reflets changeants de l'hystérique et son insatiable besoin de considération lorsqu'il écrit : « L'individu hystérique aime l'amour. Il l'aime comme tout ce qui contribue à augmenter le sentiment de sa propre valeur... Dans sa relation amoureuse, l'individu hystérique est ardent, passionné et exigeant. Il cherche avant tout une confirmation de son Moi... il manie fort bien l'art de l'érotisme... Du flirt à la conquête en passant par la coquetterie, il maîtrise toutes les nuances du pouvoir séducteur... Il aime la jouissance, les fantasmes, le jeu amoureux. La fidélité ne lui paraît pas une chose importante, du moins la sienne; les amours secrets ont quelque chose d'excitant pour lui et ils lui permettent de donner libre cours à son romantisme... Comme son partenaire peut difficilement satisfaire ses besoins, il en cherche un autre avec lequel il fait la même expérience. Les trousseurs de jupons et les coureuses appartiennent à cette catégorie. »[4]

La fidélité est une vertu minuscule

L'hystérique attache peu de poids à la fidélité. Il est fidèle si son conjoint lui permet de s'affirmer pleinement. Il a besoin du partenaire pour le développement de sa propre valeur et l'édification de sa personnalité. Les conjoints qui veulent s'attacher durablement un ou une hystérique doivent déployer beaucoup d'efforts pour trouver constamment de nouvelles formes de stimulation. Les hystériques absorbent la considération comme un buvard absorbe l'encre.

L'hystérique se sert de son partenaire mais évite d'être dépendant de lui. Il se comporte plutôt en amant égoïste. Il est véritablement le Narcisse qui savoure l'amour de soi. L'amour qu'il se porte exige constamment une certaine dose d'admiration. Il est en même temps champion dans l'art de minimiser les choses, notamment ses écarts de conduite. Il vit selon la devise : « Une fois n'est pas coutume. » Il ne prend rien au tragique. Tout est relatif. Les valeurs éternelles sont très diluées en lui. Pour l'hystérique, la vie est un torrent bouillonnant, aux multiples reflets, qui coule tantôt par ci, tantôt par là.

Les détails sont et restent toujours des détails sans importance pour lui. Au pire, les péchés sont des peccadilles qu'en souriant il balaie du revers de la main. On pourrait sans exagérer qualifier son éthique de lacunaire. Il ne prend pas trop au sérieux les lois et les préceptes, les commandements et les interdictions. Il ne s'attache jamais à la lettre et ne coupe pas les cheveux en quatre. Il laisse ce soin à la personnalité compulsive qui lui est opposée. C'est pourquoi il peut se montrer large d'esprit dans les choses mineures. Là où d'autres lèvent les bras au ciel, l'hystérique se contente de secouer tristement la tête. Il ne s'encombre pas l'esprit de bagatelles.

Cette description du caractère de la personnalité hystérique est évidemment assez globale, mais elle explique cependant les faiblesses de ce tempérament dans les aventures extra-conjugales. Pour l'hystérique, une liaison amoureuse n'est qu'un flirt innocent, un écart de conduite n'affecte que le côté humain de sa nature, et une relation à trois a le mérite, selon lui, de favoriser l'équilibre mental. Il sait comment s'y prendre. Ce qui est important et en même temps incompréhensible pour beaucoup de gens, c'est que l'hystérique possède la faculté phénoménale de croire ce qu'il dit et ce qu'il pense. Au plus profond de lui-même, il est persuadé du peu d'importance de ses aventures sentimentales; aussi est-il surpris de voir ses chers amis, et en particulier son cher conjoint, froncer les sourcils devant ses frasques.

Fritz Riemann résume ainsi ce comportement :

« Dans ce domaine concret, il se montre très 'tolérant' : il met en doute, relativise, minimise, il fait l'aveugle, essaie de nier, de se tirer d'affaire et de faire feu de tout bois pour s'en sortir et ne pas devoir reconnaître son aventure. C'est à ce prix qu'il parvient à une liberté apparente; mais celle-ci devient de plus en plus dangereuse à cultiver, car il vit dans un monde illusoire tissé de fantaisies, de possibilités et de désirs, mais où il n'y a pas de réalités pour limiter son champ d'action. »[5]

Cette description révèle clairement l'éthique défectueuse de l'hystérique. Amour, mariage et fidélité sont pour lui des concepts fluctuants sur lesquels il plaque sa définition égoïste. Il peut ainsi tricher toute sa vie, se tromper lui-même et tromper surtout son conjoint bien-aimé.

Les extravertis et les superficiels

Dans une étude scientifique très fouillée, le psychologue anglo-allemand Hans Jürgen Eysenck a examiné les interactions de la structure de la personnalité sur l'attitude générale et sur le comportement sexuel. Il part de l'hypothèse que les différentes structures de personnalité, telles qu'elles sont décrites dans la psychologie des profondeurs, se répercutent sur les comportements sexuels. Il s'est en particulier intéressé de près aux ambitions sexuelles des extravertis, par opposition aux introvertis. Les personnes fortement extraverties sont nettement tournées vers l'extérieur, elles aiment le contact, sont spontanées et ouvertes. Comme la stimulation sexuelle est l'une des expériences sensorielles les plus fortes, on peut s'attendre à ce que les personnes introverties — tournées vers elles-mêmes, silencieuses, taciturnes, renfermées et fuyant les contacts — se comportent d'une manière plus circonspecte, plus conservatrice et plus réservée que les personnes extraverties, plus facilement et fortement stimulées, plus avides et plus passionnées en amour et en amitié.

Voici ce que déclare textuellement Eysenck qui a eu confirmation de certains de ses présupposés :
1. « Les extravertis ont généralement leur premier rapport sexuel plus tôt que les introvertis.

2. Les extravertis ont davantage de rapports sexuels que les introvertis.
3. Les extravertis ont des relations sexuelles avec différents partenaires... L'extraverti est permissif, il approuve la promiscuité sexuelle ainsi que le changement fréquent de partenaire et manifeste un grand appétit d'expériences sexuelles, qu'il qualifie de « saines ». L'introverti s'en tient à la position chrétienne orthodoxe de de virginité avant le mariage et de fidélité conjugale; il attache moins d'importance aux facteurs purement biologiques qu'à l'essence même de la sexualité. L'extraverti semble plus heureux de son mode de vie et peut évidemment plus facilement nouer des contacts avec des personnes du sexe opposé... »[6]

Eysenck a également constaté les attitudes suivantes :
– les extravertis masculins privilégient l'amitié avec de nombreuses personnes de l'autre sexe;
– ils n'ont aucune difficulté à avoir des rapports sexuels;
– ils sont plus facilement excités sexuellement que les introvertis;
– ils trouvent simple d'exprimer et de montrer leur désir sexuel.
– De même, les femmes extraverties réagissent de manière plus directe et se montrent sexuellement attirantes;
– elles préfèrent la multiplicité d'amis masculins;
– elles sont beaucoup moins réticentes que les introverties à être touchées par des hommes qu'elles ne connaissent pas;
– elles sont beaucoup moins inhibées qu'elles dans les relations sexuelles.

Dans ce qui précède, nous avons essentiellement parlé des extravertis. Il est clair que les hystériques, tels que nous les avons décrits, appartiennent à ce groupe. Ce sont des natures plus ouvertes, plus assoiffées de contacts, plus faciles à accoster et plus facilement stimulées sur le plan sexuel.

A quoi la personnalité hystérique doit-elle particulièrement veiller?
– A reconnaître les faiblesses de sa philosophie existentielle qui

consiste à prendre trop facilement la vie du bon côté, et à accepter de la corriger. L'instabilité, la superficialité et le penchant aux fréquents changements risquent de nuire à son image de marque et atténuent de plus en plus ses facultés à se lier solidement aux autres;
- à ne pas accorder trop de valeur à son côté enfantin. Les hystériques sont de grands enfants qui attachent trop d'importance au concret, poursuivent des chimères et considèrent l'amour comme un rêve merveilleux. L'optimisme est une bonne chose, la méconnaissance de la réalité est cependant un signe de névrose;
- à mettre des limites à sa largesse d'esprit en matière d'éthique. Les commandements, les interdictions et les règlements ne sont pas des bâillons inutiles destinés à rendre la vie de l'homme plus compliquée, mais des aides qui facilitent la vie en société. Il est vital et indispensable que l'hystérique développe en lui une composante compulsive qui aspire à la clarté, à la droiture, à la ponctualité et à la fiabilité;
- à éprouver ses opinions sur l'amour, le couple et la fidélité. Il est peut-être un grand spécialiste de l'érotisme, mais certainement pas un véritable amant. Il n'y a chez lui aucun rapport entre donner et recevoir. Il aime égoïstement et exploite le partenaire pour satisfaire sa vanité. Il doit apprendre qu'une véritable harmonie conjugale repose sur le double mouvement d'offrir et de recevoir, de valoriser et d'être valorisé, d'aimer et d'être aimé en retour.

Tout homme, quelles que soient ses caractéristiques spécifiques, ses qualités et ses défauts, a besoin d'une rectification systématique. Celui qui ne réagit pas sur lui-même ou refuse les conseils ou une thérapie pour prendre en compte les carences de sa vie, et qui prend à la légère les règles du jeu des relations interpersonnelles, s'expose à des déconvenues et à de grandes difficultés et à des déconvenues personnelles. Il s'engage inévitablement dans des impasses, quel que soit son style de vie. L'hystérique ne fait pas exception.

En conclusion de cette section, considérons les aspects positifs et négatifs de la façon d'aimer de l'hystérique. Nous pouvons porter au crédit de la personnalité hystérique, le fait de
- savoir faire des compliments,
- se comporter en grand charmeur,
- imprimer de nouvelles impulsions à la vie conjugale,
- entraîner l'autre,
- se montrer prodigue en cadeaux, argent de poche et argent du ménage,
- faire en sorte que la vie conjugale ne soit jamais ennuyeuse,
- passer rapidement sur les bagatelles (disputes, désaccords financiers, reproches et adversité),
- de ne pas garder rancune et d'oublier vite les querelles,
- d'être réceptive à tout ce qui est nouveau, moderne, intéressant, excitant,
- d'apporter la joie de vivre et l'optimisme dans le couple,
- d'aimer la société et les rencontres d'amis, et d'avoir sa maison toujours ouverte aux hôtes de passage.

Dans la rubrique débit, nous croyons devoir inscrire les aspects négatifs suivants:
- elle n'aime que le partenaire qui lui convient,
- manifeste un penchant très prononcé pour le changement,
- est prompte à s'enflammer,
- cherche à plaire à tout le monde, et pas seulement à son conjoint,
- a besoin d'un partenaire pour se faire valoir,
- aime sans beaucoup d'engagement et de profondeur,
- n'accorde souvent pas beaucoup d'attention aux émotions du partenaire,
- n'éprouve pas un amour ardent,
- pourrait dire, à la limite: «Ma femme et moi m'aimons follement»,
- considère le conjoint comme étant à son service,
- s'arrange très bien, avec l'aide du conjoint, pour atteindre ses objectifs personnels,
- exige du conjoint beaucoup de considération et d'éloges,
- a du mal à accepter que le conjoint puisse être malade.

4.7 Les vrais motifs

Un maître dans l'art de vivre

Les personnalités hystériques sont souvent passées maîtres dans l'art de bien vivre; elles savent comment maîtriser la vie et en jouir. Elles arrivent à tirer le meilleur parti de toutes les situations.

Il y a un revers à cela : elles sont obligées de se démener pour échapper au sentiment de peur. C'est pourquoi elles se dispersent beaucoup. Elles sont toujours par monts et par vaux, en quête d'expériences nouvelles. Et même lorsqu'il n'y a rien d'intéressant, elles arrivent à réveiller l'intérêt. Elles se croient toujours au centre d'une fête dans laquelle elles peuvent et veulent briller. Le monde du spectacle abonde en personnes de ce type. Leurs idées et leurs bons mots sont inépuisables. En général, ce sont des personnes douées de créativité qui manient avec aisance les coloris, les tons, les odeurs, les bruits, les étoffes, etc. Ces maîtres dans l'art de vivre sont des optimistes. Ils passent facilement par-dessus leurs problèmes, leurs soucis et leurs difficultés. Leur mécanisme de refoulement fonctionne à la perfection. Tout ce qui est désagréable, ils le repoussent de côté ou l'enfouissent dans l'oubli. Ce tempérament vit principalement en extraversion; il compte généralement dans ses rangs de bons techniciens et de mauvais théoriciens.

Les multiples facettes de la personnalité hystériques sont typiques. L'hystérique joue sur deux registres à la fois. Il est évident que dans ces conditions, il ne peut pas en même temps garantir la finition et la profondeur de son œuvre.

La personnalité hystérique se reconnaît facilement à son vocabulaire. Des milliers de choses dans la vie
>   sont merveilleuses et splendides,
>   formidables et sans pareille,
>   sensationnelles et épatantes,
>   passionnantes et exceptionnelles.

Ce langage souligne du même coup le côté négatif de cette personnalité. L'hystérique est enclin
>   à *exagérer*,
>   à *dramatiser*,
>   à *dépasser les limites.*

Quelqu'un sur qui on ne peut guère compter
Comme les personnalités hystériques sont spontanées, impatientes et promptes, elles sont du même coup moins minutieuses, comme nous l'avons déjà indiqué. Leur vie est jalonnée d'erreurs. Les fautes d'inattention sont légion. Elles font partie de la vie quotidienne; elles vont et viennent. Elles s'expliquent par la grande largeur d'esprit dont fait preuve l'hystérique dans tous les domaines.

Les hystériques se laissent influencer de tous côtés, s'emparent sans discernement de toutes les idées et finissent par perdre tout crédit de confiance. On leur soutire trop facilement des promesses dont ils ne sont pas toujours en mesure de respecter les diverses implications. On s'aperçoit qu'à tous points de vue, la personnalité compulsive agit de manière radicalement opposée. Tandis que cette dernière voit des limites partout, l'hystérique n'en voit nulle part. Il se dit que les « limites sont faites pour être franchies ».

Les hystériques ne se laissent emprisonner ni par des barrières ni par des directives et des prescriptions. Tandis que la personnalité compulsive essaie de se tirer d'affaire par sa ténacité, l'hystérique se montre beaucoup plus souple. Quand il estime que telle chose n'en vaut pas la peine, il y renonce. Il est prêt à laisser tomber tout ce qui exige trop d'efforts ou trop d'énergie, ou qui ne s'avère pas rentable.

Quelqu'un qui esquive la souffrance
Une caractéristique de la personnalité hystérique réside dans le fait
>qu'elle aime la vie,
>qu'elle salue chaque nouveau matin avec enthousiasme,
>qu'elle veut profiter pleinement de sa journée.

On comprend que dans cette philosophie existentielle, la souffrance n'ait pas sa place. L'hystérique dispose de plusieurs moyens pour fuir la souffrance. Il peut
>la *refouler*,
>*passer outre*,
>trouver une compensation dans une *satisfaction de remplacement*.

Comme l'hystérique veut à tout prix parvenir à ses fins, il fait contre mauvaise fortune bon cœur. Il rayonne de confiance, montre qu'il est en forme, sourit et s'attend à ce que les autres abondent dans le même sens.

Dans son livre, Horst Eberhard Richter caractérise l'aspect négatif de la structure hystérique de la façon suivante :

« On trouve un exemple typique de l'élimination de la souffrance dans la manière dont l'Américain passe d'une surprise-partie à une autre. Il tourbillonne de soirée en soirée et personne ne s'attend à ce qu'à la question : « Comment allez-vous ? », il réponde sérieusement par : « Mal » ! La participation joyeuse et gaie aux rencontres d'amis est une façon importante de jouer la comédie. Car chacun pour sa part se sent obligé de se montrer superficiellement narcissique afin de faire front commun contre la détresse qui risquerait autrement de surgir. Il suffit qu'un des participants de ces rondes folles ne suive plus le mouvement d'ensemble pour susciter l'inquiétude. Sa singularité sera très mal prise, parce qu'elle sera génératrice d'angoisse.

Celui qui se retire du brouhaha de l'animation et se replie sur lui-même a du mal à ne pas s'attirer une mauvaise réputation. La fuite dans la compagnie des autres correspond au désir social. Celui qui se préoccupe d'une manière introvertie de ses propres difficultés est considéré comme un lâcheur et il est désavoué. »[7]

On peut dire que ce qui motive la personnalité hystérique, c'est le besoin de plaire. Qu'est-ce qui caractérise l'empressement à plaire ?

Ce mobile apparaît très nettement dans le côté négatif de la personnalité hystérique.

Les faits et gestes de celui qui cherche à plaire sont orientés vers la quête des compliments. Il s'y entend parfaitement pour susciter la récognition, l'adhésion ou l'admiration sous une forme verbale ou sous une autre. Sa vie dépend de son interlocuteur, il a besoin de ses éloges et de ses applaudissements. L'adulation est pour lui comme un baiser. La récognition bienfaisante peut éveiller en lui des sentiments d'amour et le stimuler sexuellement.

L'obligation de plaire est une *manie* et peut revêtir la forme

d'une obsession caractérielle. Celui qui recherche les compliments quémande la reconnaissance de façon maladive et exagérée. Sa faim d'autoconsidération est sans bornes, sa soif d'encensement insatiable. La personne avide de plaire manifeste tous les symptômes de la manie. Elle est dominée et possédée par des désirs qui l'asservissent. Le sujet fait tout pour
parvenir à focaliser l'attention sur lui,
être reconnu et identifié,
désiré,
loué,
porté aux nues,
admiré secrètement ou ouvertement,
honoré,
applaudi et célébré.
Il déploie toutes les antennes possibles et imaginables pour capter l'admiration, la reconnaissance et la considération.

Dans la psychologie des profondeurs appliquée à l'étude des types de caractère, il est souvent fait allusion à l'hystérique. Celui-ci n'est pas considéré avant tout comme une personnalité névrotique dont la pathologie transparaît dans une déformation du comportement humain normal. Dans ce qui suit, nous voulons mettre l'accent sur les *faiblesses* de ce tempérament. Il a besoin de considération comme du pain quotidien. Dans son comportement et dans sa démarche, il fait en sorte que les autres se tournent vers lui. Il veut être vu, il veut frapper les regards, il a besoin des acclamations bruyantes ou discrètes. L'hystérique fait dépendre sa vie des autres. Il ressent l'intérêt qu'ils lui témoignent comme une ondée rafraîchissante sur son âme assoiffée. Il s'efforce inlassablement de s'attirer des compliments et d'accumuler les marques de considération de sa personne. Il veut arriver à ses fins et il sait comment s'y prendre. Il se lance passionnément dans les aventures les plus risquées s'il sait qu'elles lui procureront une estime accrue. Rien ne lui échappe. Il voit tout, entend tout, enregistre tout. Il ne vit que des autres et par les autres.

Voici ce qu'une femme m'a dit un jour à propos de cette personnalité marquée : « Même si mon mari portait des œillères, il verrait quand même les femmes bien vêtues et bien faites sur le trottoir opposé. »

Voir et être vu, impressionner et plaire, voilà ses principes, et il les applique parfaitement. Car il se comporte ainsi depuis son enfance.

Comme les connaisseurs l'ont décrit, il se dégage un réel charme de sa personne. Son rayonnement attire, fascine et attrape de nombreux « papillons » qui volent vers lui et trouvent agréable sa manière d'être insouciante et légère. Ce ne sont souvent que des aventures sans lendemain et des flirts superficiels, car l'hystérique ne recherche pas ce qui est profond et intime; la considération instantanée et éphémère lui suffit.

Dans quel bois ces personnes sont-elles taillées?
Quels sont les buts inconscients que s'efforce d'atteindre l'individu au comportement décrit ci-dessus? Comment expliquer son besoin de capter l'attention d'une manière ou d'une autre? Quelle évolution illustre-t-il?

Il y a plusieurs raisons qui expliquent comment cette personne (plus ou moins caricaturée) finit par devenir une personnalité hystérique. Il faut reconnaître que ces gens viennent au monde avec un certain entrain et qu'ils sont naturellement d'humeur agréable. Ils font preuve d'une grande spontanéité et affichent un fort penchant à vouloir s'exprimer. Ils se rendent compte très tôt que les parents et les grands-parents sont fiers d'eux. Ils sont élevés pour être agréés. Les parents et les éducateurs font tout graviter autour de l'enfant et s'étonnent qu'ensuite le petit cherche par tous les moyens à être au centre de l'attention publique.

En un rien de temps, l'enfant comprend le parti qu'il peut en tirer. Il sourit, pousse des cris amusants, se montre câlin, adopte un comportement excentrique, ce qui lui vaut d'être admiré. Parents et amis se pressent autour du bambin qui ne demande pas mieux que de se donner en spectacle. L'enfant se dit : plus on épate la galerie, plus on fait l'intéressant, plus la vie est excitante et enviable. « Se faire remarquer, cela fait partie de l'apprentissage du métier » se dit-il. Un tourbillon attire toujours l'attention. Et le succès ?

Ce type d'enfant
- a besoin de personnes qui l'admirent et le portent aux nues,
- recherche des partenaires dans lesquels graver sa nature digne et aimable,
- trouve ceux qui pourront l'aider à améliorer son image de soi encore fragile,
- tombe dans le piège de l'adulation, car il est tout disposé à prêter foi aux belles paroles,
- dans le déroulement de sa vie, se heurte constamment à sa vanité exagérée,
- connaîtra à l'âge adulte plusieurs aventures sentimentales consécutives et même des situations inextricables du genre ménage à trois, tout simplement parce qu'il ne peut se passer du regard de la personne qu'il aime.

Il est donc évident que la reconnaissance, la considération et la valorisation sont des objectifs majeurs pour l'hystérique. La crainte de mener une vie végétative et dénuée de signification est l'aiguillon qui l'inquiète et le harcèle tout au long de son existence. Afficher son importance, telle est la devise de l'hystérique.

4.8 L'aide thérapeutique et spirituelle

Les hystériques se remarquent aisément. Quand ils sont l'objet de l'attention des autres, ils sont heureux. Tandis que d'autres structures de personnalité préfèrent se tenir à l'écart, le tempérament hystérique, lui, n'est pas du tout gêné de focaliser les regards sur lui. Etre vu, entendu et reconnu, cela fait partie de ses mobiles clairement affichés. Il est capable des plus grands exploits, dès lors qu'il y a des spectateurs pour remarquer ses prouesses et pour les estimer. Lorsque cette recherche de la publicité prend la forme d'une obsession et ne s'appuie que sur le désir de vouloir plaire, il faut proposer une aide à la personne en question.

1. Les personnalités hystériques réagissent souvent superficiellement

Comme elles prennent les choses sans complication et ont conservé un raisonnement enfantin, leur vie spirituelle se caractérise forcément par un certain simplisme. Les hystériques n'ont pas de problèmes spirituels. Leur théologie se résume schématiquement à l'affirmation : « Dieu aime le monde. » Leur optimisme n'a pas son pareil. Tandis que le chrétien dépressif rumine et sonde les moindres aspects de sa vie spirituelle, l'hystérique simplifie à l'extrême et verse par conséquent dans la superficialité. Il peut facilement devenir une pierre d'achoppement pour des chrétiens très minutieux et hyper-consciencieux. Il leur semble trop désinvolte et irréfléchi. Sa vision des choses, du monde et de la foi manque souvent totalement de profondeur. Et comme c'est un spécialiste du refoulement, il préfère esquiver tous les problèmes de la vie et de la foi.

Il ne veut pas *s'*accabler,

il ne veut pas non plus accabler *les autres*.

Chaque fois qu'il le peut, il évite les peines, les souffrances, les maladies et contourne les difficultés. Celui qui veut abandonner cette foi infantile et ne plus interpréter ses convictions chrétiennes d'une manière aussi simpliste, doit sérieusement lutter contre son penchant à la superficialité.

2. Les personnalités hystériques sont impatientes et versatiles

Elles veulent faire beaucoup de choses, et elles veulent les faire rapidement, ce qui va évidemment à l'encontre de la précision et de l'exactitude. Cette hâte entraîne l'impatience et l'inconstance.

Leurs faiblesses, même celles de leur vie chrétienne, sautent aux yeux :

elles ne peuvent attendre,

il leur manque le calme intérieur,

elles ne savent pas apprécier les choses,

en pensée, elles en sont déjà au lendemain,

la persévérance et la constance leur font défaut.

Les hystériques tracent les grandes lignes de leurs vastes projets, mais ils laissent aux autres le soin de les peaufiner dans le détail. Ils détestent le travail méticuleux qui exige de la patience. Il leur fait trop ressentir qu'ils ne sont pas capables de s'atteler à une tâche d'une manière fiable, fidèle et persévérante.

A quoi cela tient-il ?

Ils ont besoin d'obtenir des succès visibles et d'effectuer des travaux gratifiants. Là où ces résultats ne sont pas garantis, ils préfèrent jeter l'éponge. On ne peut donc pas faire appel à eux pour des tâches spirituelles systématiques qui exigent beaucoup de minutie. En revanche, ils sont tout à fait aptes à s'acquitter honorablement de responsabilités spirituelles occasionnelles qui nécessitent un effort ponctuel intense. Cette structure de personnalité doit apprendre

    à rechercher le calme,
    à approfondir sa piété,
    à freiner son activisme, puisqu'elle n'a rien à prouver ni à Dieu ni aux autres.

3. Discerner l'essentiel

Rappelons encore une fois les mobiles fondamentaux qui animent la personnalité hystérique.

- Elle vit pour une bonne part de la considération du plus grand nombre de personnes possible;
- elle a besoin d'être applaudie, admirée et valorisée pour réussir;
- elle s'efforce de maîtriser le cours de la vie en dépensant le moins d'énergie possible;
- elle veut savoir tout faire afin de s'attirer le maximum de considération;
- elle aime ce qui est onéreux et prétentieux, parce que cela rehausse son prestige;
- elle recherche le changement et une vie passionnante afin de fuir la peur et l'ennui.

Son péché principal, c'est l'exagération. Elle est capable d'être extrême

- dans son *travail*,
- dans sa *façon de parler*,
- dans sa *tenue vestimentaire*,
- dans sa poursuite du *changement*,
- dans sa *quête effrénée de considération*,
- dans sa dérobade devant la *douleur, le chagrin et tout ce qui fait souffrir l'humanité*.

Elle veut jouir pleinement de la vie et dans cette recherche, elle risque sa vie véritable.

« Car celui qui est préoccupé de sauver sa vie la perdra; mais celui qui perdra sa vie à cause de moi, la retrouvera. Si un homme parvient à posséder le monde entier, à quoi cela lui sert-il s'il perd sa vie ? » (Mt 16:25,26).

Cette parole d'Angelus Silesius pourrait constituer un défi que les chrétiens hystériques feraient bien de relever : « Homme, vis conformément à ta nature essentielle ! »

En faisant porter leurs efforts sur ce qui est central, les chrétiens hystériques gagneront en rayonnement, en stabilité et en stature.

4. Questions à se poser

– En me plaçant au centre des événements, quel aspect particulier est-ce que je cherche à mettre en relief ? A quoi est-ce que j'attache une valeur toute spéciale ? Quels sont les objectifs cachés ou connus de moi qui sont sous-jacents à mon comportement ?

– Faut-il que je sois toujours affairé et hyper-actif pour me soustraire à l'ennui et à la peur du néant ? Suis-je conscient que mon agitation comporte aussi de la superficialité ? Mon activisme a-t-il pour objet de me faire surmonter des pensées et des sentiments dépressifs ?

– Dois-je encore accepter des obligations particulières et des charges honorifiques ? Les activités que j'assume ajoutent-elles une satisfaction supplémentaire à ma quête de considération ?

– Est-ce que je cherche à être en bons termes avec toutes les personnes que je rencontre au cours d'une journée ? N'y aurait-il pas un désir inavoué d'intimité dans ma démarche ? Ne suis-je pas en train de vouloir tirer profit de plusieurs situations, renonçant ainsi à avoir mon propre point de vue ?

– Mes nombreuses tâches et activités professionnelles et dans l'église servent-elles avant tout mon prestige, ou suis-je animé de l'amour de Christ ?

– Se peut-il que je minimise des péchés parce qu'en Christ je vois avant tout « le bon Dieu », le Dieu qui aime l'humanité, qui recouvre du vaste manteau de sa miséricorde tous les péchés sans rien dire ?

– Est-ce que j'esquive les souffrances, les peines, la maladie et la mort qui frappent mes amis, mon conjoint, ma famille ou l'église, parce qu'un certain côté de ma nature préfère occulter cet aspect de la vie ?

– Suis-je enclin, dans les contacts avec mes amis ou mes connaissances, à laisser parler mes sentiments d'une manière excessive ? Suis-je parfois exhorté par mes proches à réfreiner l'ardeur de mes émotions ?

– Quel est l'élément motivant de ma personnalité qui me paraît le plus contestable au regard des normes bibliques ? Comment en suis-je arrivé à cultiver ce comportement fondamental ? Suis-je prêt à corriger ce défaut avec l'aide de Dieu ?

Considérations finales

Comment se manifestent les antagonismes de caractère?

Comme tout être humain possède à des degrés divers les caractéristiques des quatre structures de personnalité, on assiste inévitablement à toutes sortes de mélanges de ces traits typiques. L'amalgame peut se faire au profit de l'équilibre harmonieux ou, au contraire, à celui des tensions. C'est pourquoi nous affichons tous un équilibre plus ou moins grand ou des tensions plus ou moins fortes.

1. Quels sont les individus qui manifestent les tensions les plus prononcées?

Comme il y a toujours deux types de caractère qui sont opposés, les tensions les plus vives se produisent chez les personnes qui possèdent en dosage sensiblement égal des caractéristiques des deux premiers types de personnalité (schizoïde et dépressif) ou des deux derniers (compulsif et hystérique).

Des façons contraires de penser et d'agir conduisent inévitablement à des contradictions et à des discordances.

2. Comment peuvent se manifester les tensions?
Etant donné que le schizoïde et le dépressif ont des modes de pensée et de comportement qui obéissent à des motivations généralement opposées, il n'est pas rare que des personnes qui entrent dans cette catégorie
- éprouvent des luttes intérieures,
- adoptent des attitudes contradictoires dans la vie,
- soient soumises à des tensions infrapsychiques,
- souffrent de maux physiques.

Il en est de même des personnalités qui allient les éléments compulsifs et hystériques. Elles aussi se caractérisent par des conceptions très fluctuantes de la vie et des valeurs. Plus les dispositions caractérielles dans la personne sont extrêmes, plus les conflits intérieurs sont âpres. Des troubles et des maladies psychosomatiques en découlent parfois.

3. Les tensions dans les relations interpersonnelles

Les tensions évoquées précédemment se font également jour dans les relations avec d'autres personnes. Chacun sait que le schizoïde et le dépressif se complètent admirablement. L'individu schizoïde mène une vie indépendante, pragmatique et stable; c'est pourquoi il recherche généralement un partenaire chaleureux, affectueux et dépendant. La personne dépressive offre la possibilité d'échanges, se montre proche et pleine d'égards; elle souhaite en contrepartie un partenaire fort sur lequel elle pourra s'appuyer, qui sait ce qu'il veut et qui, grâce à son objectivité, saura résoudre les problèmes et surmonter les difficultés.

Si les partenaires ont des natures radicalement opposées, ils ne parviendront pas à se compléter d'une manière harmonieuse et efficace, mais auront tendance à s'opposer très souvent.

4. Conseils utiles pour une complémentarité féconde

Des conceptions antagonistes sur la vie, des appréciations divergentes sur les valeurs fondamentales et des positions doctrinales très différentes peuvent enrichir les gens, mais elles peuvent également les plonger dans la confrontation.

Beaucoup de personnes ont du mal à accepter les opinions, les arguments et les façons de vivre d'autrui et à ne pas les combattre. Ils ont eux-mêmes fait des expériences et sont persuadés de leur supériorité, ce qui les rend intolérants. Dans de tels cas, il est évidemment impossible de parvenir à un compromis; les deux partis devront s'accommoder d'une « cœxistence » dénuée d'amour quand elle n'est pas tout crûment dénuée de paix.

La foi en Jésus-Christ rend possible une chose inouïe. Elle permet de concilier des points de vue opposés, des façons de vivre différentes et des caractéristiques de personnalité antagonistes. Ce prodige est la preuve de la vie de Christ en l'homme. L'amour est un lien très puissant qui unit les humains. Il est une force que Dieu leur accorde pour qu'ils puissent vivre entre eux sans tensions.

Retenons ceci:

Nous avons des dispositions, nous portons une hérédité, nous avons accumulé des expériences, nous sommes façonnés par le monde ambiant, mais nous sommes également responsables, nous prenons nos décisions, nous avons en Christ la possibilité de changer : ici et maintenant, si nous le désirons.

III. Partie pratique

1. Quelques moyens pour mieux se connaître et offrir une meilleure aide concrète à autrui

Dans les pages suivantes, nous proposons deux tests de personnalité. Ces questionnaires peuvent servir à la fois à mieux cerner soi-même sa personnalité, et à éclairer le conseiller spécialiste de la relation d'aide.

Le thérapeute qui veut procéder à une évaluation rapide de la personnalité de son patient sans devoir procéder à de longues investigations, peut lui remettre les deux questionnaires suivants et lui demander de les remplir chez lui. Les caractéristiques essentielles des quatre structures de personnalité figurent chaque fois l'une en face de l'autre, par paires antagonistes.

Le profil de la personnalité peut aussi être établi lors d'une consultation chez le spécialiste.

Première possibilité : le conseiller interroge le patient et reporte lui-même ses réponses.
Avantage : le thérapeute se forge une impression directe, perçoit les émotions du consultant, ses doutes et ses questions et peut y répondre aussitôt au cours de l'entretien.

Deuxième possibilité: le patient remplit le questionnaire d'avance et discute ensuite de ses réponses avec le conseiller.
Avantage : le consultant jouit d'une plus grande autonomie.

Les questionnaires ne cherchent pas du tout à cataloguer le patient ni à lui coller une étiquette. Cela ne serait pas d'un grand

secours. Par contre, ils permettent de s'interroger sur les réponses fournies.
- Que cherche à exprimer le patient à travers ses réponses ?
- Quel but poursuit-il en adoptant telle ou telle façon de vivre ?
- Quelles convictions fondamentales met-il en évidence ?
- Quelles sont les expériences heureuses et malheureuses vécues par le patient dans ses relations avec les autres ?

Questions que devrait se poser celui qui cherche conseil :
- Quel aspect de mon problème personnel ma notation exprime-t-elle ?
- Quelle est mon appréciation qui suscite le plus fort désaccord chez mon partenaire (conjoint, collègue de travail, parent, subordonné) ?
- Pour quelles raisons n'ai-je pas voulu, jusqu'à présent, modifier mon modèle comportemental pourtant responsable de mes difficultés de communication ?
- Suis-je disposé à prier et à agir pour changer d'attitude dans un ou plusieurs domaines qui se sont révélés sensibles dans mes relations interpersonnelles ?

2. Questionnaire pour l'établissement d'un diagnostic sommaire

Ce premier test est assez succint et pourra être rapidement complété. Nous y avons placé face à face les quatre structures de personnalité antagonistes. Dans votre évaluation, veuillez tenir compte des remarques suivantes :

1. Pour préciser quelles sont les caractéristiques profondes de sa personnalité, le lecteur peut s'attribuer une note sur l'échelle graduée entre les extrêmes.
   La note **0** signifie qu'il estime avoir un comportement à mi-chemin entre le comportement schizoïde et le comportement dépressif.
   La note **5**, à gauche comme à droite, indique que le lecteur possède des traits de caractère fortement marqués.
   Entourez honnêtement le chiffre qui, à votre avis, traduit le

mieux le degré d'accord ou de désaccord avec la proposition énoncée.

En reliant toutes les notes que vous aurez entourées, vous obtiendrez votre profil.

2. Il serait intéressant de demander à votre partenaire de procéder de la même façon pour établir votre profil. Cette évaluation permet d'ouvrir ensuite une discussion entre amis ou entre conjoints.

Si le jugement que vous portez sur vous-même diffère très nettement de celui de votre partenaire, cela *peut* signifier :
– que l'autre jette un regard plus critique que vous sur votre comportement schizoïde ou dépressif,
– que vos particularités frappent davantage les autres que vous-même,
– que vous auriez intérêt tous les deux à discuter de vos opinions et de votre façon de vivre avec un spécialiste de la relation d'aide.

3. Ce diagnostic sommaire donne au thérapeute des indications utiles qui l'éclaireront sur la personnalité de son patient et le guideront dans ses conseils. Les deux tableaux (schizoïde-dépressif et compulsif-hystérique) peuvent servir à l'établissement d'un diagnostic succinct. Il ne s'agit pas de procéder à un bilan complet et définitif, mais d'amorcer une discussion, de trouver des points de repère, de clarifier certaines données.

Questionnaire succinct pour un diagnostic sommaire

Les antagonismes dans les structures de personnalité schizoïde et dépressive

autonome	5	4	3	2	1	0	1	2	3	4	5	tributaire
indépendant	5	4	3	2	1	0	1	2	3	4	5	dépendant
objectif	5	4	3	2	1	0	1	2	3	4	5	subjectif
inassimilable	5	4	3	2	1	0	1	2	3	4	5	assimilable
peu sentimental	5	4	3	2	1	0	1	2	3	4	5	très sentimental
peur de l'intimité	5	4	3	2	1	0	1	2	3	4	5	peur de la séparation
froid	5	4	3	2	1	0	1	2	3	4	5	chaleureux
peu loquace	5	4	3	2	1	0	1	2	3	4	5	très loquace
peu expansif	5	4	3	2	1	0	1	2	3	4	5	très expansif
distant	5	4	3	2	1	0	1	2	3	4	5	soif de proximité
méfiant	5	4	3	2	1	0	1	2	3	4	5	confiant
introverti	5	4	3	2	1	0	1	2	3	4	5	extraverti
réaliste	5	4	3	2	1	0	1	2	3	4	5	idéaliste
insensible	5	4	3	2	1	0	1	2	3	4	5	sensible

Les antagonismes dans les structures de personnalité compulsives et hystériques

ennemi du risque	5	4	3	2	1	0	1	2	3	4	5	ami du risque
conservateur	5	4	3	2	1	0	1	2	3	4	5	progressiste
strict	5	4	3	2	1	0	1	2	3	4	5	tolérant
soumis	5	4	3	2	1	0	1	2	3	4	5	épris de liberté
rigide	5	4	3	2	1	0	1	2	3	4	5	souple
étroit d'esprit	5	4	3	2	1	0	1	2	3	4	5	large d'esprit
prudent	5	4	3	2	1	0	1	2	3	4	5	téméraire
impassible	5	4	3	2	1	0	1	2	3	4	5	influençable
véridique	5	4	3	2	1	0	1	2	3	4	5	exagère dans ses propos
réfléchi	5	4	3	2	1	0	1	2	3	4	5	insouciant
constant	5	4	3	2	1	0	1	2	3	4	5	capricieux
respectueux des règles	5	4	3	2	1	0	1	2	3	4	5	enclin à les enfreindre
plutôt lent	5	4	3	2	1	0	1	2	3	4	5	plutôt rapide
économe	5	4	3	2	1	0	1	2	3	4	5	dépensier
sans imagination	5	4	3	2	1	0	1	2	3	4	5	imaginatif
perfectionniste	5	4	3	2	1	0	1	2	3	4	5	accepte ses lacunes
persévérant	5	4	3	2	1	0	1	2	3	4	5	versatile

3. Second questionnaire: un test d'autoportrait

Recommandations pour remplir le questionnaire

1. En répondant aux questions, vous prendrez conscience de vos points forts, de vos capacités et de vos dons. Mais vous découvrirez également vos faiblesses et vos lacunes.
2. Des études ont montré que vos dons naturels et vos dons surnaturels sont souvent liés à la structure de votre personnalité. L'Esprit de Dieu emploie nos aptitudes à son service. «Et Dieu nous a accordé par grâce des dons différents» (Rm 12:6).
3. Celui qui a reconnu ses atouts et ses dons peut les mettre plus efficacement au service de Dieu, du prochain, de l'église et les utiliser pour son profit personnel. Celui qui sait exactement quelles sont ses faiblesses pourra les apporter à Dieu dans la prière afin que le Seigneur les purifie et les sanctifie.
4. Une meilleure connaissance de soi permet de mieux comprendre les mobiles de sa propre façon de penser et d'agir, mais aussi de celle de ses semblables.
5. En évaluant mieux votre vie professionnelle, sentimentale et spirituelle, en portant un jugement plus efficace sur les conflits qui émaillent vos relations personnelles, vous serez mieux équipé pour adopter un comportement pratique différent en harmonie avec les exigences de la foi.
6. Evitez autant que possible de laisser des questions sans réponse. Décidez-vous pour «oui» lorsque vous estimez que la proposition reflète votre personnalité et pour «non» si vous jugez que l'affirmation ne correspond pas à votre cas.
7. Ce n'est pas votre intelligence qui est testée. Il n'y a pas de réponses «justes» et des réponses «fausses». Dieu aime chaque individu quelle que soit sa façon de se comporter.
8. Plus vos réponses seront honnêtes, plus elles serviront utilement pour modifier le cours de votre vie.
9. Lorsque vous aurez répondu par oui ou par non à toutes les questions, additionnez en pages 154-155 les nombres qui correspondent aux cases où vous avez répondu oui. En fonction du total, vous serez alors en mesure de vous situer dans l'une des catégories 1A, 1B, 2A, 2B, 3A, 3B, 4A et 4B.

4. Test d'autoportrait

	Oui	Non
1. Je préfère travailler seul et sous ma propre responsabilité..............	❏	❏
2. Dans mes rapports avec les autres, je préfère me tenir à l'écart..	❏	❏
3. Dans mes relations interpersonnelles, je suis direct et manque de diplomatie..	❏	❏
4. Je fais part de mes critiques, même à ceux que j'aime	❏	❏
5. S'il le faut, je sais bien diriger. Mais j'ai du mal à comprendre les difficultés de mes subalternes et de mes collègues	❏	❏
6. J'ai un penchant à l'originalité	❏	❏
7. J'éprouve peu de plaisir à m'occuper d'enfants	❏	❏
8. Personne ne semble me comprendre	❏	❏
9. Je suis constamment sous tension parce que j'entreprends plusieurs choses en même temps..................	❏	❏
10. Pendant le repas, il m'arrive de programmer déjà les heures suivantes et de planifier le travail à accomplir.........	❏	❏
11. J'aime passer d'un sujet à un autre, quand une idée me traverse l'esprit. Je me perds facilement dans les détails....	❏	❏
12. Je peux concevoir une union conjugale solide sans mariage civil...	❏	❏
13. En amitié comme dans le couple, chacun devrait pouvoir conserver son autonomie	❏	❏
14. Lors de nouveaux contacts, je me montre d'abord réservé	❏	❏
15. Je peux jouir seul de ce qui est nouveau et beau	❏	❏
16. Quand des liens solides se brisent, j'essaie de les réparer par moi-même	❏	❏
17. Je préfère garder le silence sur les choses désagréables plutôt que d'en parler...	❏	❏
18. Lorsque j'affronte les difficultés de la vie, je ne recherche pas d'allié, je me débats seul..............................	❏	❏
19. Mes relations sexuelles sont satisfaisantes, si mon partenaire n'attend pas de moi trop de tendresse et d'intimité..............	❏	❏
20. J'ai parfois souhaité fuir la maison pour me soustraire à l'emprise d'autrui	❏	❏
21. Cela ne m'inquiète pas de voir des proches et des voisins entrer en conflit avec la loi	❏	❏
22. Je me soucie constamment de mon apparence et de la manière dont les autres me perçoivent................................	❏	❏
23. Comme j'ai besoin de la reconnaissance et de la considération des autres, je réagis très vivement aux critiques	❏	❏
24. Dans mes rapports avec autrui, j'attache beaucoup d'importance à la largeur d'esprit et à la tolérance	❏	❏

25. Je passe facilement par-dessus les difficultés
    et la mauvaise humeur .... ❏ ❏
26. J'évite au maximum de prendre des risques .... ❏ ❏
27. S'il le faut, je me sens de taille à divertir un grand
    groupe de personnes .... ❏ ❏
28. Je suis une personnalité importante .... ❏ ❏
29. Je préfère en rester à spéculer sur mes difficultés
    plutôt que de les aborder de front .... ❏ ❏
30. Il y a des moments où j'ai l'impression que tout le monde
    se ligue contre moi .... ❏ ❏
31. Dans la rue, je suis capable de ne pas remarquer des connais-
    sances et des amis s'ils ne prennent pas l'initiative de m'aborder ... ❏ ❏
32. Je peux facilement tourner le dos aux autres pour
    leur prouver que je suis indépendant .... ❏ ❏
33. J'ai su me soustraire aux règles et aux conventions familiales,
    et mener ma propre vie .... ❏ ❏
34. J'aimerais bien imposer certaines idées dont je suis convaincu ... ❏ ❏
35. J'assume souvent la responsabilité de tâches qui,
    au dire de mon entourage, ne sont pas de mon ressort .... ❏ ❏
36. En comparaison avec d'autres, j'ai la larme facile .... ❏ ❏
37. Je suis plus nerveux que la plupart des gens .... ❏ ❏
38. J'ai du mal à me lier intimement et solidement à quelqu'un .... ❏ ❏
39. J'ai eu une mère pleine d'attention et d'amour .... ❏ ❏
40. Les enfants me procurent beaucoup de joie, car j'ai un sens
    développé de la famille .... ❏ ❏
41. Dans les entretiens en groupe, je n'aime pas être seul
    à défendre mon point de vue .... ❏ ❏
42. En vacances, j'apprécie beaucoup le contact avec d'autres gens ... ❏ ❏
43. Je suis extrêmement prudent dans mes critiques à l'égard
    de ceux que j'aime .... ❏ ❏
44. Je souhaite autant que possible ne jamais être confronté
    à la maladie, à la détresse et à la souffrance .... ❏ ❏
45. J'éprouve beaucoup de difficultés à faire confiance
    et à m'abandonner .... ❏ ❏
46. Au fond de moi-même, je nourris beaucoup de centres d'intérêt
    et cultive une abondante imagination, mais je ne les partage pas ... ❏ ❏
47. Il m'arrive de ruminer sur le sens de la vie, mais sans en parler
    autour de moi .... ❏ ❏
48. Il faut, autant que possible, que mon travail, mon ménage et
    ma vie soient organisés de manière gratifiante .... ❏ ❏
49. Je ne m'accorde à moi et aux autres que peu de liberté .... ❏ ❏
50. Je suis enclin à l'intolérance et aux jugements sévères .... ❏ ❏
51. Je supporte mal que l'on relève mes erreurs .... ❏ ❏
52. Parce que je recherche ce qui est droit, les autres prétendent
    que je veux toujours avoir raison .... ❏ ❏

53. Je me sens très souvent esclave du devoir .... ❏ ❏
54. En général, je m'intéresse à ce que les autres pensent de moi .... ❏ ❏
55. Il m'est souvent difficile de me fier à mon propre jugement,
    si je n'ai pas l'appui des autres .... ❏ ❏
56. La solitude me pose réellement problème, car j'aime
    travailler en commun .... ❏ ❏
57. J'ai le sentiment très vif de devoir être là pour les autres
    et de me mettre à leur service .... ❏ ❏
58. J'ai des troubles du sommeil et quand je suis éveillé,
    je commence à ruminer .... ❏ ❏
59. J'envie le bonheur des autres .... ❏ ❏
60. J'ai moins de confiance en moi-même que la moyenne des gens .... ❏ ❏
61. Les attaques et les critiques me blessent énormément .... ❏ ❏
62. Il y a des moments où je me sens totalement inutile .... ❏ ❏
63. Je souhaite mener des activités communes avec mes amis
    et mes partenaires .... ❏ ❏
64. J'aimerais beaucoup partager avec autrui ma découverte
    du nouveau et du beau .... ❏ ❏
65. En présence de la mort, de la maladie et de la détresse,
    j'aimerais pouvoir aider et consoler .... ❏ ❏
66. Vivre des choses nouvelles et inconnues me tente beaucoup .... ❏ ❏
67. J'ai une folle envie de dépasser les limites et de courir
    des aventures .... ❏ ❏
68. Lorsque le film télévisé me déçoit, je change aussitôt de chaîne .... ❏ ❏
69. Pour ma tenue vestimentaire, j'attache une grande importance
    aux couleurs à la mode, au style chic et à une coupe actuelle .... ❏ ❏
70. Joie de vivre et optimisme caractérisent mes dispositions
    fondamentales .... ❏ ❏
71. Dans les questions d'argent, je suis très généreux .... ❏ ❏
72. Quand je rapporte un événement, j'ai tendance à exagérer
    certains détails et à dramatiser .... ❏ ❏
73. Dans de nombreuses occasions de la vie quotidienne,
    je suis capable de manifester de l'euphorie .... ❏ ❏
74. Ma vie se caractérise par de l'hyperactivité et de l'activisme .... ❏ ❏
75. Collectionner et conserver sont pour moi des gestes
    importants. Je ne peux rien jeter .... ❏ ❏
76. Pour moi, la fiabilité est une vertu majeure .... ❏ ❏
77. La vie ne doit pas me dominer, je tiens au contraire
    à l'avoir bien en main .... ❏ ❏
78. Dans mes relations de partenariat et d'amour,
    je reste sur ma faim d'intimité .... ❏ ❏
79. J'aimerais mieux tout faire en commun avec mon partenaire .... ❏ ❏
80. Pour attirer l'attention et gagner l'intimité de quelqu'un,
    je suis capable d'être très critique et très agressif .... ❏ ❏

81. Je devine facilement les désirs et les besoins des personnes qui m'environnent .... ❏ ❏
82. Il y a des jours où je me sens épuisé et où j'aimerais ne pas devoir sortir du lit .... ❏ ❏
83. J'ai du mal à concentrer mes pensées sur certaines tâches .... ❏ ❏
84. Je reste parfois un certain temps sans ressort avant de retrouver mon élan .... ❏ ❏
85. Il m'arrive de tourner le dos aux autres pour qu'ils se rendent compte de ce qu'ils m'ont fait, et les amener à s'occuper de moi .... ❏ ❏
86. Pour prendre des décisions, petites ou grandes, j'ai généralement besoin des autres .... ❏ ❏
87. Lorsque je suis seul, je me sens mal à l'aise, désemparé et je fais tout mon possible pour éviter cette situation ...... ❏ ❏
88. J'éprouve de grandes variations d'humeur qui vont de l'allégresse céleste à la tristesse mortelle .... ❏ ❏
89. Je souffre depuis toujours de constipation .... ❏ ❏
90. J'ai du mal à discerner les désirs et les besoins des personnes qui vivent autour de moi .... ❏ ❏
91. Je suis très réticent à faire confiance aux autres, car je ne les comprends pas .... ❏ ❏
92. J'aborde les autres avec prudence et méfiance .... ❏ ❏
93. J'ai du mal à me concentrer sur mon travail .... ❏ ❏
94. Chez moi, l'aspect technique l'emporte souvent sur l'aspect humain .. ❏ ❏
95. Je préfère régler mes difficultés et résoudre mes problèmes tout seul .... ❏ ❏
96. Je suis plutôt impassible et non émotif .... ❏ ❏
97. Je renonce volontiers à la compagnie et à la société .... ❏ ❏
98. Dans mon enfance, j'ai perçu ma mère comme trop oppressante et trop restrictive .... ❏ ❏
99. Je termine toujours ce que j'entreprends .... ❏ ❏
100. Mes points forts: je suis consciencieux, minutieux et je respecte mon emploi du temps .... ❏ ❏
101. Ma tenue est plutôt pratique, discrète et traditionnelle .... ❏ ❏
102. Au travail, j'aime que mon champ d'activité soit bien délimité .... ❏ ❏
103. J'ai la conviction de devoir accomplir mes devoirs et mes travaux à la perfection .... ❏ ❏
104. J'aime que les choses soient nettes et sans ambiguïté .... ❏ ❏
105. Je peux déployer une grande énergie pour atteindre mes objectifs .... ❏ ❏
106. Des règles et des directives explicites me facilitent la tâche .... ❏ ❏
107. Je veux faire ce qui est juste et j'ai des principes d'une haute moralité .... ❏ ❏
108. Comme je n'aime pas être le centre d'intérêt, j'évite de me joindre à des groupes .... ❏ ❏
109. Les autres prétendent savoir à quoi s'en tenir avec moi .... ❏ ❏

110. Avant d'entreprendre quoi que ce soit, il faut que je réfléchisse longtemps, même s'il s'agit de détails sans importance .... ❏ ❏
111. Je ne prends jamais le moindre risque sans avoir mûrement réfléchi . ❏ ❏
112. Je préfère de loin travailler sous les ordres d'un chef qui assume la responsabilité de la décision finale. Par contre, je m'occupe volontiers des détails. .... ❏ ❏
113. Je ne démissionnerai jamais d'un emploi sur un coup de tête. Je planifie tout longtemps à l'avance .... ❏ ❏
114. Ma nature consciencieuse obéit avant tout à la raison et non aux sentiments .... ❏ ❏
115. Je souhaite pouvoir me lier intimement et durablement à une personne .... ❏ ❏
116. Dans mes difficultés et mes problèmes, j'ai besoin de compréhension, de contact et d'échange .... ❏ ❏
117. J'ai besoin de beaucoup de proximité et d'attentions de la part des autres .... ❏ ❏
118. Les scènes d'adieu me chagrinent beaucoup .... ❏ ❏
119. Du fait que je suis maître de moi-même et consciencieux, je suis souvent stressé .... ❏ ❏
120. Je suis plutôt dépourvu d'humour et intransigeant .... ❏ ❏
121. Je préfère être conséquent avec moi-même et sans compromission. Etre accommodant est une faiblesse à mes yeux .... ❏ ❏
122. A la maison, au travail et dans l'église je passe pour un tyran, parce que je dénonce les erreurs et les attitudes incorrectes .... ❏ ❏
123. Même lorsque je ne suis pas très en forme, je reste généralement de bonne humeur .... ❏ ❏
124. Je ne m'engage qu'avec réticence .... ❏ ❏
125. Je peux facilement refouler les choses qui me sont désagréables ...... ❏ ❏
126. En amitié comme en amour, j'aime le changement .... ❏ ❏
127. Dans de nombreux domaines, je tends vers l'optimum; si je ne l'atteins pas, je suis malheureux .... ❏ ❏
128. Comme j'ai de hautes exigences morales, il m'est difficile de parler de choses que je considère comme mauvaises .... ❏ ❏
129. J'ai conscience de ma propre valeur .... ❏ ❏
130. J'arrive sans peine à partager mes objectifs, mes idées et mes projets .... ❏ ❏
131. J'aime les sports dans lesquels l'étendue, la liberté, l'absence de limites jouent un grand rôle (par ex. le ski, l'aviation, la plongée) .... ❏ ❏
132. Ma foi chrétienne est assez enfantine .... ❏ ❏
133. Pour moi, une chose est bonne ou mauvaise. Je ne supporte pas le compromis .... ❏ ❏
134. Je suis souvent assailli par le doute et me demande si j'ai pris la bonne décision .... ❏ ❏
135. Je me sens inutile et désemparé lorsque mes propositions ne sont pas prises au sérieux, mais au contraire mises en cause et ridiculisées .... ❏ ❏

136. Dans plusieurs domaines, je suis enclin au fanatisme (foi, travail, éducation) .... ❏ ❏
137. J'ai du mal à m'adapter à de nouvelles réalités .... ❏ ❏
138. S'il le faut, je sais être à cheval sur les principes............................ ❏ ❏
139. Je me pardonne difficilement mes fautes professionnelles ou de conduite... ❏ ❏
140. Si je n'ai pas les choses bien en mains, je perds mon assurance .... ❏ ❏
141. Si je m'aperçois que l'autre n'accepte pas mon point de vue, j'ai tendance à perdre patience .... ❏ ❏
142. J'ai besoin de rites qui me rendent la vie plus facile .... ❏ ❏
143. Dans toutes mes relations humaines, je réprime fortement mes sentiments .... ❏ ❏
144. Je suis asocial, mais néanmoins créatif dans de nombreux domaines... ❏ ❏
145. Je suis avant tout un observateur et non un intuitif............................ ❏ ❏
146. Je suis totalement indifférent à la louange et à la critique .... ❏ ❏
147. Dans les rassemblements de toutes sortes, je m'efforce d'être au centre... ❏ ❏
148. J'ai adopté une façon de m'exprimer qui impressionne .... ❏ ❏
149. Je ne suis jamais saturé de considération et d'éloges...................... ❏ ❏
150. Mon désir de liberté est pratiquement illimité .... ❏ ❏
151. J'éprouve parfois une folle envie de faire quelque chose de provocant ou d'inconvenant .... ❏ ❏
152. Je ne vois aucun inconvénient à ce que, dans un lieu public, quelqu'un s'asseye à ma table .... ❏ ❏
153. J'aimerais discuter de mes problèmes et de mes difficultés avec des gens qui ont ma confiance .... ❏ ❏
154. Je préfère travailler avec d'autres ou en équipe, ce qui me garantit une couverture en cas de problème................................ ❏ ❏
155. Ma vie sexuelle est satisfaisante dès lors que j'ai l'intimité, l'échange et la tendresse .... ❏ ❏
156. J'aime les surprises et suis ouvert à toutes les idées nouvelles .... ❏ ❏
157. J'aimerais être bien accueilli non seulement par mes amis, mais aussi par tout le monde .... ❏ ❏
158. J'ai le souvenir d'une mère qui m'a accordé une grande liberté et a témoigné beaucoup d'attention et d'estime à mes idées .... ❏ ❏
159. Ma devise est celle-ci: être large d'esprit pour les petites choses .... ❏ ❏
160. Je ressens parfois le besoin de fuir la maison pour vivre des aventures nouvelles et me soustraire à la monotonie quotidienne ...... ❏ ❏

5. Evaluation du test d'autoportrait

Notation des réponses
Colonne A: Question numéro ...
Colonne B: Case numéro ... (voir page suivante)
Colonne C: Valeurs à additionner et reporter en page suivante

A	B	C	A	B	C	A	B	C	A	B	C
1	1A	1	41	2A	15	81	2B	4	121	3B	3
2	1A	2	42	2A	16	82	2B	5	122	3B	4
3	1A	3	43	2A	17	83	2B	6	123	4B	14
4	1A	4	44	1B	17	84	2B	7	124	4B	15
5	1B	1	45	1B	18	85	2B	8	125	4B	16
6	1B	2	46	1B	19	86	2B	9	126	4B	17
7	1B	3	47	1B	20	87	2B	10	127	3B	16
8	1B	4	48	3A	16	88	2B	19	128	3B	17
9	4B	1	49	3A	17	89	2B	20	129	4A	17
10	4B	2	50	3B	5	90	1B	5	130	4A	18
11	4B	3	51	3B	6	91	1B	6	131	4A	19
12	4B	4	52	3B	7	92	1B	7	132	4A	20
13	1A	5	53	3B	8	93	1B	8	133	3B	9
14	1A	6	54	2A	5	94	1B	9	134	3B	10
15	1A	7	55	2A	6	95	1A	15	135	3B	11
16	1A	8	56	2A	7	96	1A	16	136	3B	12
17	1A	9	57	2A	8	97	1B	14	137	3B	13
18	1A	10	58	2B	11	98	1B	15	138	3B	14
19	1A	11	59	2B	12	99	3A	1	139	3B	15
20	1A	12	60	2B	13	100	3A	2	140	3B	18
21	4B	18	61	2B	14	101	3A	6	141	3B	19
22	4B	19	62	2B	15	102	3A	7	142	3B	20
23	4B	20	63	2A	18	103	3A	8	143	1A	17
24	4A	8	64	2A	19	104	3A	20	144	1A	18
25	4A	9	65	2A	20	105	4A	13	145	1A	19
26	4A	14	66	4A	4	106	3A	9	146	1A	20
27	4A	15	67	4A	5	107	3A	10	147	4B	9
28	4A	16	68	4A	6	108	3A	11	148	4B	10
29	1B	10	69	4A	7	109	3A	12	149	4B	11
30	1B	11	70	4A	3	110	3A	13	150	4B	12
31	1B	12	71	4B	5	111	3A	14	151	4B	13
32	1B	13	72	4B	6	112	3A	15	152	2A	9
33	1A	13	73	4B	7	113	3A	18	153	2A	10
34	1A	14	74	4B	8	114	3A	19	154	2A	11
35	2B	16	75	3A	3	115	2A	1	155	2A	12
36	2B	17	76	3A	4	116	2A	2	156	4A	10
37	2B	18	77	3A	5	117	2A	3	157	4A	11
38	1B	16	78	2B	1	118	2A	4	158	4A	12
39	2A	13	79	2B	2	119	3B	1	159	4A	1
40	2A	14	80	2B	3	120	3B	2	160	4A	2

Addition des résultats et résultat final

Additionnez les réponses affirmatives (OUI) (et uniquement celles-ci) puis écrivez les sommes respectives dans les cases 1A, 1B, 2A, 2B, 3A, 3B, 4A et 4B. Additionnez les sous-totaux A+B sur la ligne inférieure. Enfin, reportez ces valeurs au bas du tableau.

1A La personnalité schizoïde (plutôt positive)	1B La personnalité schizoïde (plutôt négative)	2A La personnalité dépressive (plutôt positive)	2B La personnalité dépressive (plutôt négative)
Total 1A	Total 1B	Total 2A	Total 2B
Total 1A + 1B		Total 2A + 2B	

3A La personnalité compulsive (plutôt positive)	3B La personnalité compulsive (plutôt négative)	4A La personnalité hystérique (plutôt positive)	4B La personnalité hystérique (plutôt négative)
Total 3A	Total 3B	Total 4A	Total 4B
Total 3A + 3B		Total 4A + 4B	

La personnalité schizoïde	Total	points sur 440
La personnalité dépressive	Total	points sur 420
La personnalité compulsive	Total	points sur 420
La personnalité hystérique	Total	points sur 420

Indications bibliographiques

I. Nous sommes tous différents

Chapitre 1: les théories
1. Fritz Riemann, Grundformen der Angst, Ernst Reinhardt Verlag, München, Pabel 19+6 (11ème édition).
2. Rudolf Dreikurs, Grundbegriffe der Individualpsychologie, Klett Verlag, Stuttgart 1969, p. 44.
3. Fritz Riemann, op. cit., p.18.
4. Viktor E. Frankl, Psychotherapie für jerdermann, Herderbücherei Freiburg 1971, p.130.

Chapitre 2: les expériences
1. Rudolf Dreikurs, op. cit., p.58.

Chapitre 3: les structures de la personnalité envisagées comme un charisme
1. Rudolf Westerheide, Geisterfüllung und Geistesgaben, Verlag Francke-Buchhandlung Marburg 1990, p.9.
2. Larry Christenson, Komm Heiliger Geist, Ernst Frantz Verlag Metzingen/edition aussaat Neukirchen-Vluyn, p.229.
3. Ole Halesby, Dein Typ ist gefragt, R. Brockhaus Verlag Wuppertal 1974, p.92s.

II. Les quatre types de personnalité

Chapitre 1: la personnalité schizoïde
1. Fritz Riemann, Die schizoide Gesellschaft, Kaiser Traktate, Chr. Kaiser Verlag München 1975, p.9.

2. Fritz Riemann, op. cit., p.32.
3. Critères diagnostiques Mini DSM-III-R, Masson 1990, pp.216-217.
4. Erich Fromm, Haben oder Sein, dtv Stuttgart, 1980 (6ème édition), p.111.
5. Fritz Riemann, op. cit., p.10.
6. Anthony Storr, Human Agression, New-York 1968, p.85.

Chapitre 2: la personnalité dépressive
1. Fritz Riemann, op. cit., p.65.
2. DSM-III-R, op. cit., pp.225-226.
3. Ole Halesby, op. cit., P.41s.
4. Richard Rohr/Andreas Ebert, Das Eneagramm, Claudius Verlag München 1989, pp.32ss.
5. Ibid., p.71.

Chapitre 3: la personnalité compulsive
1. Don Richard Riso, Die neun Typen der Persönlichkeit, Droemersche Verlagsanstalt Th. Knaur München 1989, p.427s.
2. DSM-R-III, op. cit., pp.226-227.
3. George R. Bach/Ronald M: Deutsch, Pairing, Eugen Diederichs verlag Düsseldorf/Köln 1982, p.61s.
4. Alfred Adler, Praxis un Theorie der Individualpsychologie, J.F. Bergmann München 1927, p.148.
5. Richard Rohr/Andreas Ebert, op. cit., p.50.
6. Ibid., p.54s.
7. Oswald Chambers, Mein Äusserstes für sein Höchstes, Berchtold Haller Verlag Bern 1981 (20ème édition), p.337.
8. Ibid.

Chapitre 4: la personnalité hystérique
1. DSM-III-R, op. cit., pp.222-223.
2. Ibid., pp.223-224.
3. Richard Rohr/Andreas Ebert, op. cit., p.154.
4. Fritz Riemann, op. cit., pp.164ss.
5. Ibid., p.158.
6. H.J. Eysenk, Sexualität und Persönlichkeit, Europa Verlag 1976, PP.24 et 78s.
7. Horst Eberhard Richter, Der Gotteskomplex, Rowohlt Verlag Hamburg 1990, p.98.

Table des matières

Préface 5

I. Nous sommes tous différents
1. Les théories 9
   1.1 Les quatre tempéraments d'après Hippocrate 9
   1.2 Les formes fondamentales de la peur 11
   1.3 L'hérédité explique-t-elle tout ? 14
   1.4 La puissance déterminante de l'esprit 18
2. Les expériences 19
   2.1 Comment acquérons-nous des expériences ? 20
   2.2 Quelles expériences avons-nous accumulées ? 22
   2.3 Projets de vie et logique privée 23
   2.4 Peut-on corriger des modèles d'expériences négatives ?....25
3. La structure de la personnalité envisagée comme un charisme....29

II. Les quatre styles de personnalité
Remarques préliminaires 32
1. La personnalité schizoïde
   1.1 La structure de base..37
   1.2 L'enfance 39
   1.3 Les professions préférées 41
   1.4 Le malade schizoïde 42
   1.5 La foi 45
   1.6 La personnalité schizoïde dans ses relations 45
   1.7 Les vrais motifs 51
   1.8 L'aide thérapeutique et spirituelle 55

2. La personnalité dépressive
   2.1 La structure de base 59
   2.2 L'enfance 61
   2.3 Les professions préférées 63
   2.4 Le malade dépressif 63
   2.5 La foi 67
   2.6 La personnalité dépressive dans ses relations 70
   2.7 Les vrais motifs 73
   2.8 L'aide thérapeutique et spirituelle 78

3. La personnalité compulsive
   3.1 La structure de base 82
   3.2 L'enfance 84
   3.3 Les professions préférées 85
   3.4 Le malade compulsif 86
   3.5 La foi 92
   3.6 La personnalité compulsive dans ses relations 94
   3.7 Les vrais motifs 96
   3.8 L'aide thérapeutique et spirituelle 104

4. La personnalité hystérique
   4.1 La structure de base 111
   4.2 L'enfance 113
   4.3 Les professions préférées 115
   4.4 Le malade hystérique 115
   4.5 La foi 119
   4.6 La personnalité hystérique dans ses relations 123
   4.7 Les vrais motifs 130
   4.8 L'aide thérapeutique et spirituelle 135

Considérations finales 140

III. Partie pratique
   1. Quelques moyens pour mieux se connaître et offrir une
      meilleure aide concrète à autrui 143
   2. Questionnaire pour l'établissement d'un diagnostic sommaire . 144
   3. Second questionnaire: un test d'autoportrait 147
   4. Test d'autoportrait 148
   5. Evaluation du test d'autoportrait 154

Indications bibliographiques 156